(   ) 사는 이유

장인성 산문집

장인성 산문집

( ) 사는 이유

북스톤

이름난 폭포들 사이엔
이름 없는 폭포들이 더 많았다.

Reykjavik Iceland 2019

사는^{buy} 이유는
곧 사는^{live} 이유가 된다

퇴고를 하며 지난 1년 동안 써놓은 글을 다시 읽는다. 입으로 소리내어 읽어본다. 눈으로 읽는 것보다 느리고 힘도 더 들지만 글을 제대로 고치는 데는 그게 좋다. 소리내서 읽기 어색한 부분들을 말이 나오는 대로 다시 고쳐 쓴다. 말로는 하지 않을 부자연스러운 문장은 쓰지 않는다. 쉬운 말을 어렵게 쓰지 않는다. 짧아도 될 문장을 길게 늘여 쓰지 않는다. 멋져 보이는 단어와 기교로 장식하지 않는다. 없어도 상관없는 부분은 뺀다. 그렇게 원고에 비친 나를 읽는다. 나는 무얼 좋아하나, 나는 언제 왜 행복한가, 나는 어떤 생각들을 좇고 있나.

책을 쓰는 동안 서울에서 제주로 이사를 했다. 이사하고 나서야 나라고 생각했던 것들 중 많은 것들이 '환경'이었음을 알게 되었다. 환경이 달라지니 사는 모습도 많이 달라졌다. 옷장의 멋진 옷들을 놔두고 운동복만 입고 다닌다. 늦은 밤의 미식회를 좋아하던 내가 자연의 시간표를 따르게 되었다. 해가 떠 있는 시간에는 해를 보며 산다. 하늘이 보이는 커다란 창 앞에서 일을 하고, 퇴근하면 숲길과 오름으로, 어떤 날은 바다로 달려간다. 해가 지면 글을 썼다. 매일 밤 9시부터 11시까지 원고 앞에 앉기. 글이 안 나와도 어쨌든 앉아 있고 글이 술술 잘 풀려도 너무 늦게까지 쓰지 않고 끊고 자기. 나머지 시간에는 힘껏 일하고 마음껏 놀고 경험하기. 무라카미 하루키가 글 쓰는 루틴에서 배운 요령이다.

글을 쓸 때는 가벼운 술자리 같은 걸 상상했다. 첫 책을 통해 나를 알게 된, 나에게 더 물어보고 싶은 게 많은 독자들을 만난다. 작은 4인용 테이블에 앉아 피자에 맥주를 마시며 독자들이 나에게 질문하는 상황. 인성 님, 달리기 좋아하시잖아요? 어쩌다가 달리기를 시작하게 되셨어요? 거기에 대답하듯이 말해본다. 그 말을 내 손이 받아 적는다.

매일 밤 성실하게 쓰니 글은 차곡차곡 쌓였다. 구글닥스 문서가 40쪽이 되고 80쪽이 되고 어느새 200쪽이 넘었다. 물론 매일 쓰는 게 늘 가능했던 건 아니다. 중요한 업무가 몰려서 자정 넘도록 일한 날도 있었고, 몸이 너무 피곤하거나 어느 날은 아파서, 어느 날은 술을 많이 마셔서 10시 전에 잠들기도 했다. 스트레스를 받거나 정서적으로 편안하지 않으면 또 여러 날 글을 쓰지 못했다. 규칙적으로 글을 쓸 수 있는 삶이란 이미 그 자체로 성공한 삶인 것이었다. 어딘가 불편하고 아프지 않으며, 스트레스 받거나 괴롭거나 정서적으로 불안하지 않고 지나친 업무에 쫓기지도 않는 상태. 아무런 걱정과 불편 없음에 이른 상태. 이런 일상은 쉽지 않다. 오늘도 글을 쓰려고 원고 앞에 앉았다는 건 이미 하루를 잘 살았다는 것. 매일 맛있는 것을 먹지 않아도, 술기운에 달뜨지 않아도, 특별한 이벤트가 없어도 하루하루 경험하며 쓰고 공유하는 단정한 삶을 살았다는 것.

단정한 삶이라… 낯설었다. 화려한 인생, 성취의 삶을 꿈꾸고 짜릿함을 즐기며 살았던 것 같은데, 나는 어느 사이에 달라진 걸까? 내가 원하는 삶이란 어떤 것일까. 사는 buy 이야기로 시작한 글들은 자꾸 사는 live 이야기가 되었다. 사는 이유와 살아가는 이유는 어디선가 통하는구나. '(   ) 사는 이유'라는 제목을 떠올렸을 때 머릿속에서 경쾌한 종소리가 났다.

차례

New Hair New Tee NewJeans Do You See?

아직 애기인 우리는
무엇이든 할 수 있다

"우리는 120살까지 살 거니까요—"라고 말하면 다들 음? 하는 표정이 된다. '그렇게까지?' 하는 생각이 든다면 이야기를 조금 더 들어보자.

나 어릴 때는 동네 어르신이 환갑을 넘기면 크게 잔치를 했다. 건강하게 오래 산 것을 축하하면서. 환갑을 넘기는 게 흔한 일은 아니었지만 드물지도 않았다. 일흔을 넘기는 분들도 간혹 있었다. 70세 생일은 칠순, 건강한 소수에게 상처럼 주어지는 삶이었다. 그렇게 살다 돌아가시면 호상^{好喪}이라 했다. 이제는 환갑에 잔치를 벌이는 일은 많이 줄었다. 가족끼리 조금 특별한 생일파티를 하는 정도. 칠순쯤은 되어야 잔치를 할지 말지 고민을 하고. 건강히 여든을 넘기는 경우도 드물지 않다. '호상'은 이제 입에 담기 어색한 단어가 되었다. 언제 돌아가시더라도 호상은 없는 것 같다. 얼마든지 건강하게 더 사실 수 있었으니까. 지난 20년 사이에 이렇게 달라졌는데, 앞으로 20년 뒤는 어떨까? 여든은 넘겨야 잔치를 할까 말까 하고, 아흔을 넘기는 사람들이 종종 나올 거라고 생각하면 내가 너무 앞질러 가나? 그로부터 다시 20년 뒤에는 어떨까? 아흔을 넘겨야 잔치를 하겠지? 그러면 내가 100세쯤 될 때는 얼마나 더 달라지는 걸까?

어느 날, 궁금한 나머지 이래저래 검색하며 데이터를 찾아봤다. 한국에서 1970년에 태어난 사람의 기대수명과 50년이 지난 2020년의 기대수명은 자그마치 약 22년 차이. 10년마다 기대수명이 4.4년씩 늘어나고 있다. 책에 다 쓰면 지루할 이런저런 계산을 통해 나 장인성은 2080년에도 살아 있을 것이고 105세를 넘긴다는 결과를 얻었다. 대한민국 사람들 모두 그렇지는 않겠지만, 평소에 건강을 신경써서 관리하며 의료 케어를 잘 받을 수 있는 사람들은 이 정도가 보통일 것이다. 만약 독자님이 여성이고 건강한 삶을 추구하고 실천하는 30대라면 대략 120세까지 살게 된다. 2100년 캘린더를 받아보게 된다. 22세기! 만약 그 전에 인류가 중대한 의학적 진전을 이룬다면 기대수명은 여기서 획기적으로 더 늘어날 수도 있다. 어떤 과학자들은 인간이 머지않아 노화를 정복할 거라 말한다. 그래도 그것까지 계산에 넣기엔 아직 불확실하니 일단은 빼자. 더 오래 살 수도 있고 병이나 사고로 일찍 죽을 수도 있겠지만, 삶의 계획을 세운다면 당신의 계획표에 필요한 수명은 120세다. 이 정도를 예상해야 오차를 줄일 수 있다.

이제 김광석이 노래한 〈서른 즈음에〉는 보내줘야 한다. 그 노래는 인간 수명이 60이던 시절, 인생의 절반을 살아버리고 후반생으로 접어드는, 청춘을 끝낸 사람의 쓸쓸한 마음을 담고 있다. 우리 시대의 서른은 다르다. 서른은 인생 4분의 1도 안 지난 귀엽고 뽀송뽀송한 초반전일 뿐이다. 아이고 귀여워라. 이제 겨우 30세 생일을 맞은 우리가 '벌써 인생 절반 살았다'며 어깨를 축 늘어뜨리고 있다면 상황을 심각하게 잘못 보고 있는 것이다. 마흔이라 해봐야 겨우 인생 3분의 1이다. 우리 할아버지 할머니 세대의 수명으로 환산하면 갓 스무 살쯤인 셈이다. 계란 한 판이라고, 청춘은 끝났다고, 벌써 마흔이라고 낙심하며 마음이 빨리 늙어버린 사람들아, 내 말 들

고 청춘 각성하면 좋겠다. '아, 나 아직 애기구나~'

아직 애기인 우리는 무엇이든 할 수 있다. 그러기 위해서는 먼저 우리가 애기라는 걸 알아야 한다. 인생의 반환점은 30세가 아니라 60세다. 60년이면 인생 다 살았고 여생餘生을 살며 삶을 마무리하는 그런 시대가 전혀 아니다. 그렇다면 정년에 대한 생각도 바뀌어야 하지 않을까? 나머지 인생 60년 동안 일하지 않고 살아도 괜찮은 걸까? 60세에 일을 하는 건 정말 가혹한 일일까? 일이란 무엇일까?

몸이 느리게 나이 들면 마음의 나이도 중요해진다. 몸은 젊은데 마음이 늙으면 무슨 소용인가. 고작 이삼 년 어린 후배들에게 '너도 나이 먹어봐라' 하면, '이 나이에 내가 어떻게 하냐'고 나이 탓으로 돌리면 마음은 편할지 몰라도 그만큼 할 수 없는 일이 많아지고, 미래는 좁아지고, 하던 대로만 하고, 옛날 얘기만 하고, 그렇게 점점 더 늙어가게 된다.

나이는 많지만 여전히 젊은 분들을 많이 알고 있다. 멋있어서 이름을 적고 싶지만 쑥쓰러워하실까 봐 그만둔다. 그분들은 겸손하게 세상에 호기심을 열어두고 새로운 걸 배우고 안 해보던 일을 해본다. 나이가 어리다고 아랫사람으로 보지 않고, 자신이 아는 게 전부가 아니라고 생각하고, 새로운 걸 보고 듣고 자신의 오랜 지식과 경험을 업데이트하고자 한다. 자신의 굳은 믿음이 바뀔 만한 사건을 기다린다.

그분들을 보며 나도 노력하는 것이 몇 가지 있다.

나이 탓하지 않기. '나이 먹어서 그래'라는 농담도 하지 않기. 하지만 현실에는 나이 때문에 일어나는 일들이 있다. 나는 나이 때문에 더이상 마라톤 기록을 경신하지 못한다. 이렇게 입 밖에 뱉고 나면 이 말은 사실이 된다. 이 말은 합리적으로 들리기도 하고, 또 그렇게 믿으면 달리기가 느려지는 게 연습을 덜 하는 나 때문이 아니니까 마음은 편해진다. 그런데 그게 좋은 걸까? 나보다 열 살 많지만 매년 마라톤 기록을 경신하는 친구를 알고 있다. 10여 년 전 도쿄에서 친구가 된 그는 지금도 페이스북에 자신의 마라톤 후기를 올린다. 매번 길고 감격적인 글을 쓴다. 글이 감격적인 게 아니라 꾸준히 앞으로 나아가는 모습이 감격적인 거겠지. 그를 보면 '나이 때문에'라는 생각이 들 때도, 때로 그게 사실일지라도 소리내 말로 하지는 않기로 결심하게 된다. 그래, 장인성, 진짜 나이 때문일지 모르는 일이라도 나이 탓은 말자.

나이에 안 맞는(다고 사람들이 생각하는) 짓을 기꺼이 하기.
가방에 뉴진스 토끼 인형을 달았다. 정식발매 때는 놓쳐서
크림KREAM에서 리셀로 샀다. 가방에 작은 인형 다는 게 유행
이기에 '나라면 어떤 걸 달까?' 생각하다가 뉴진스 토끼 인
형을 떠올렸다. 유행이라더라 하며 끌려가는 건 그다지 멋이
없지만 유행에 동참해서 즐기는 건 또 나름대로 재미있는 일
아닌가. 어른 남자가 뉴진스를 좋아하면 기분 나쁘다고 생각
하는 사람도 있더라. 뭐 어때. 그 생각이 이상한 것 아닌가.
나오는 곡마다 영상마다 천재적인 기획이 반짝인다. 당연하
다고 여겨왔던 걸 경쾌하게 부숴버린다. 팜하니와 강고양이
와 친구들이 서로 보고 웃으며 무대에서 신나게 뛰어다닌다.
이걸 좋아하는 데 나이가 어디 있나.

그리고, 새로운 음악 듣기. 어릴 때는 헤비메탈을 듣고 힙
합을 듣고 015B를 들었다. 미국에서 유행하는 POP을 듣고
얼터너티브록을 듣고 R&B를 들었다. 지금은 해를 더할수록
모르던 장르로 귀를 넓힌다. 클래식을 듣고 재즈를 듣고 보
사노바를 듣고, 인디음악을 듣고 트랜스와 일렉트로니카를
듣고 명상음악을 듣고 피아노 연주곡을 찾아 듣는다. 60년
대에 유행한 노래부터 70년대 80년대 순으로 들어본다. 새

로운 악기의 도입과 편곡 기술의 발전에 따라 음악이 바뀌는 게 재미있다. 그래서 비틀스 비틀스 하는구나. 새로 나온 K-POP을 듣는다. 아이브 너무 좋네. 일하면서 로파이^Lo-Fi를 듣는다. 앰비언트 음악을 들어본다. 음악 앱이 추천하는 모르는 가수의 앨범을 들어본다. 새로운 음악을 듣는 일은 음악뿐 아니라 새로운 다른 것들에도—새로운 옷, 새로 나온 서비스, 새로운 음식, 새로운 생각 등에도—수용적인 태도를 갖게 해준다.

마지막으로, 지난 날 좋았던 이야기는 덜 하고 앞으로의 이야기를 많이 하기. 이제 막 서른 살 된 애기처럼 앞으로 뭘 하면 재미있을지, 우리는 커서 뭐가 될지 이야기한다. 조금 남사스럽지만 실제로 '커서 뭐가 될까'라고 말한다. 이렇게 말하고 또 들으면서 '우리는 언제까지나 미성숙한 존재'라고 한 번 더 확인하는 것이다. 2080년을 생각하면 지금 시작하지 못할 일이 없다. 하고 싶은 이야기를 영상으로 담을 줄은 알고 싶어서 영상 편집을 공부한다. 맑은 제주 바다에 더 깊이 들어가고 싶어서 프리다이빙을 배운다. 다이빙 마스크는 뭘 쓰면 좋은지 한참 찾아본다. 초보일 땐 모르는 것투성이고 주변에 온통 나보다 잘하는 사람들밖에 없고 나만 어설픈 오리새끼인 것 같아 민망하고 부끄럽다. 하지만 초보 시절 없는 일이 어디 있는가. 자동차 운전을 해도 초보운전 시절을 지나야 한다. 초보가 된다는 건 세계가 넓어지는 일이다. 그래서 나는 기꺼이 또 초보자가 되기로 한다. 초보자는 늙지 않는다.

2080년의 나는 얼마나 더 넓고 유연한 사람이 될까. 22세기의 당신은 얼마나 더 멋진 사람이 될까. 건강하게 더 나이를 먹고 싶다. 한 해 한 해 나이 드는 당신과 나를 응원한다.

김밥천국

김밥,
나의 소울푸드

나는 김밥을 싫어한다. 김밥이 싫다니? 세상엔 그런 사람도 있다. 한국 사람들 대부분 좋아하는 김밥, 남들은 다 좋아하는데 나만 싫어해서 곤란한 상황이 종종 생긴다. 촬영이 길어질 때, 일하다 간단하게 먹자며 스태프가 김밥 같은 걸 잔뜩 사왔을 때. '어, 저는 김밥 안 먹는데요' 하기엔 너무 재수없지 않나. 그럴 땐 먹기도 한다. 먹다 보면 또 제법 맛이 있다. '음, 이 김밥 맛있네.' 하지만 그때뿐, 그래도 난 김밥이 싫다.

　오랫동안 나는 내가 김밥을 싫어하는지도 모르고 살았다. 주변 사람들이 김밥 좋아한다는 걸 알기 전까지는.

"이 김밥 맛있다. 먹어봐."

아내가 접시에 가지런히 놓인 김밥을 가리켰다. 물론 아내가 시킨 거다. 아내는 보통 사람들처럼 김밥을 좋아한다.

"으으응(싫어)."

"으응? 맛있는데~"

"응. 자기 많이 먹어요. 나는 김밥 별로 안 좋아해."

이렇게 맛있는 김밥을 싫어한다는 게 이상했나 보다. 아내는 김밥을 먹으며 질문을 했다. 왜 싫어하는지. 왜 그렇게 생각하는지.

"차갑고, 비린내 나고."

"이 김밥 따뜻한데? 봐봐, 김 나잖아. 비린내? 무슨 비린내?"

"김이 밥의 습기에 젖어서 끈적해지고 어항 속 물풀에서 날 것 같은 그런 비린내 있잖아."

"이건 전혀 안 그런데. 나 믿고 함 먹어봐봐."

마지못해 젓가락으로 하나 집어서 입에 넣었다. 따뜻하고 고소하고 짭조름한 맛이 났다. 신기했다. 아니, 신기하다가 말았다. 김밥집이나 주방에서 지금 막 싼 김밥이 보들보들 따뜻한 건 당연하지 않나. 그런데? 그런데 나는 왜 김밥이란 으레 차가운 거라고 생각했을까.

어느 날, 오랫동안 잊고 지냈던 차가운 김밥이 생각났다. 초등학생 시절, 부모님은 작은 빵집을 하셨다. 빵집을 운영하는 건 꽤 부지런해야 해서 새벽같이 나가서 문을 열고 청소하고 생지로 빵을 굽고 받은 케이크를 정리하고 손님을 받고 나르고 계산하고 청소하고 포장하고 쓸고 닦고 하다가 저녁 늦게야 끝났다. 아이들 세 끼 밥을 챙겨주기엔 어려운 상황이었던 거지. 냉장고에 이것저것 있으니 이렇게 저렇게 챙겨 먹어라— 하기에도 마음이 놓이지 않고. 어린아이들이 매일같이 가스불을 켜고 음식을 데워야 한다면 얼마나 불안하겠어. 그래서 궁리 끝에 어머니가 낸 묘안이 이거야, 김밥. 김밥을 싸두자. 어머니는 며칠에 한 번씩 김밥을 말았어. 김을 깔고 따뜻한 밥을 펼치고 계란을 부쳐서 길게 잘라서 올리고, 단무지를 올리고, 소시지와 당근을 구워 올리고, 시금치를 올리고, 사랑을 올리고, 시간을 들여 정성스럽게 자식들 먹을 김밥을 싸는 거야. 그러고는 먹기 좋은 크기로 썰어서 그릇에 담고, 두 그릇, 세 그릇, 네 그릇, 다섯 그릇에 잘 담아 상하지 않도록 냉장고에 넣지. 성장기 어린이에게 필요한 영양소를 골고루 갖춘 정성스런 음식이 4~5일 치나 든든하게 준비된 거야, 냉장고에.

김밥 쌀 때 옆에서 얻어먹는 꼬다리는 맛있어. 옆구리 터진 김밥도 맛있지. 다음 날도 먹을 만은 해. 그다음 날은 음… 또 그다음 날은? 거기서부터는 좀 문제야. 내가 기억하는 김밥이란 그건가 봐. 냉장고에 사흘째, 밥알의 단면이 차갑게 말라서 딱딱한, 김은 젖어서 끈적끈적 비린내가 나는, 그런 걸 아침에도 먹고 점심에도 먹고 저녁에도 먹고 내일도 먹는. 사실 그렇게까지 나쁘진 않았을 거야. 싫었던 느낌이 기억을 왜곡한 거겠지. 그때는 그냥 잘 먹었던 것 같아. 좋고 싫고가 어딨어, 배가 고프면 먹어야지. 냉장고에 김밥이 있지. 있는 게 어디야, 감사한 일이지. 그랬던 것 같아. 싫어하는 줄도 모른 채 그냥 먹는 거지 하고 먹었던 거. 언제까지 냉장고 김밥을 먹었는지는 잘 기억나지 않는다. 중학생이 되고 고등학생이 되면서는 국도 다시 끓이고 전자레인지에 밥도 데우고 라면도 끓여 먹고 그랬었다.

라면이라. 아, 나 라면도 별로 안 좋아하는데. 라면에 찬밥, 찬밥 싫다니까요. 라면도 안 좋아하고 김밥도 안 좋아하고. 결국 그럼 이런 건가. 지금 막 싼 따뜻한 김밥이 입에서는 맛있어도 여전히 마음으로는 꺼리게 되는 건, 찬밥을 싫어하는 건, 아무리 배가 고파도 라면으로 끼니를 때우지 않는 건, 누군가에게 김밥은 '소풍'이고 누군가에게 라면은 '특식'일지라도, 나에게 김밥과 라면은 '생존식량', 이 음식들의 키워드는 '어머니의 부재'라서. 어머니가 오늘도 바빠서 일찍 못 오신다는 걸 상징하는 것들이라서.

"빵집 아들이었는데 빵이 질리지는 않았어?"

이런 질문도 많이 들었다. 다행히 빵은 좋다. 어머니는 퇴근하실 때마다 그날 팔지 못한 빵을 몇 개씩 가져오셨는데, 이 맥락에서 생각하면 내가 빵을 좋아하는 건 빵의 키워드가 '어머니가 돌아왔다'여서가 아닐까.

요즘 부모님 댁에 가면 어머니는 직접 반죽해서 구웠다가 식혀서 얼려놓은 베이글을 꺼내주신다.

"이거 가져가라. 너네 먹으라고 구웠어."

어머니가 나를 생각하며 구워두신 빵. 요즘 빵집에서 파는 베이글 같지는 않아도, 그래서 더 맛있다. 조금 짜지는 않니? 물으시지만 그런 건 아무 상관없다.

이 빵을 더이상 먹을 수 없는 날이 올 텐데. 베이글만 봐도, 김밥만 봐도 눈물이 쏟아지는 날이 언젠가 올 텐데.

The First Tattoo
첫 타투를 하는 법

"저도 타투 하나 하고 싶은데 아직 못 하고 있네요."

타투를 하고 난 후 이런 말을 많이 듣는다. 첫 타투는 누구에게나 어렵다. 판박이처럼 붙였다 떼는 거라면 쉽게 할 텐데, 이건 평생 지워지지 않는 것 아닌가! 평생이라니 무섭다. 고민이 더 깊고 무거워진다. 어쩌다 타투 한 걸 후회한다는 이야기를 들으면 '거봐~' 하면서 더 심각해진다. '이 그림이 내가 평생 들고 갈 그림이 맞나', '이런 문장을 새겼다가 나중에 유치하다고 막 놀림당하고 그러는 거 아닌가' 하면서.

얼마 전에 머리를 하러 갔는데, 디자이너 선생님이 내 타
투를 보더니 또 이런 고민을 하시는 거다.

"게다가 장모님이 타투를 싫어하세요. 슬쩍 이야기 꺼냈
다가 혼났네요."

"아, 선생님. 그럼 일단 아무도 안 보이는 데 하나 해보면
어때요? 본인조차 잘 안 보이는 곳에 좋아하는 걸 작게 하나
그려보는 거예요. 좋아하는 게 뭐예요?"

"좋아하는 거요?"

"좋아하는 음식이라든가."

"음— 냉면?"

"그럼 냉면을 작게 하나."

"와— 그건 너무했다. 자긴 멋있는 거 그렸으면서."

"하하, 그럼 냉면 말고, 가위 어때요? 헤어디자이너니
까."

"오— 가위 좋은데요."

"가위를 작게 하나, 잘 안 보이는 어깨 뒤쪽이나 옆구리
같은 데다가 해봐요. 그럼 누가 뭐라 할 일도 없고."

"근데 그래도 좀 보이는 데 해야 좋은 거 아니에요?"

"안 보이는데 작게 해야 쉽게 저지를 수 있으니까요. 일단
하나 하면요, 두 번째는 쉽게 금방 돼요. 금방 또 세 개 되고,

네 개 되고. 자꾸 늘어나죠."

"그건 좀 무서운데요."

"그렇게 되더라고요. 지금은 0이니까 1이 되기 어려운 거예요. 작게든 안 보이게든 일단 1을 하면 그다음 2번 3번은 쉽게 되니까요. 그 2번 3번을 위해 첫 번째 타투를 일단 해보시라는 거죠. 이건 그냥 마중물이에요. 하나 하고 나면 생각이 달라져요. 타투가 하나만 있으면 그 하나가 내 모든 것을 대표하는 것처럼 생각이 들거든요. 근데 사람이 그렇지 않잖아요. 단순하게 하나로 대표될 수가 없거든. 그래서 나를 표현할 또 다른 그림이나 글을 찾게 되고. 그래서 2번 3번이 저절로 막 이어져요."

"그렇구나."

"거창하게 평생의 철학이나 그런 거 찾지 말고―그러면 어려워서 못 해요―그보다는 좋아하는 걸 생각해봐요. 예전에 포틀랜드를 여행하면서 타투에 대해 생각하게 되더라고요. 포틀랜드에는 타투 한 사람이 진짜 많거든요. 커피 마시러 가면, 식당에 가면, 일하는 사람들이 다들―과장 좀 보태서 진짜 다들―타투가 있어요. 다 각양각색인데 개성 넘치고 너무 멋있더라고요. 그게 왜 멋있나? 생각해봤죠. 자기다워서 멋진 거더라고요. 물론 저는 그분들을 잘 모르지만, 세 보이러고 위협적인 그림을 넣거나 한 게 아니고 초콜릿을 그렸다거나, 안경을 그렸다거나, 그런 식이에요. 그냥 자기가 좋아하는 거 그리는 게 멋진 거구나 싶었어요. 제 타투는요─이걸 좀 보세요─달리기하는 거, 서핑, 파도, 태양, 맥주. 빈 땅이에요, 발리 맥주. 제 타투들은 다 이런 거예요. 여기 이거는 나이키와 애플이 같이 만든 나이키플러스. 이것 때문에 제가 달리기를 시작하게 됐거든요. 이건 저희 집 고양이들. 고양이들이 캠핑을 하고 있는 거예요. 타투를 하나 하고 나면 자꾸 생각하게 돼요. 다음엔 뭘 할까. 저는 그런 게 가장 좋은 것 같아요. 나는 뭘 좋아하는 사람인지 생각하는 시간을 갖는 것. 나에 대해 생각하는 거잖아요. 남들보다 우월하지 않아도 내가 나여서 괜찮은 것들을 생각하는, 나는 어떤 사람인지 나의 고유함에 대해 생각하는 시간 말이죠. 쉽게 가질 수 없는 거잖아요."

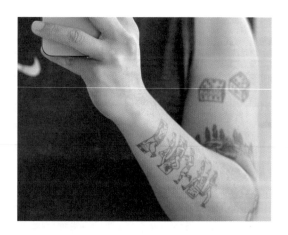

"TEMPORARY"

그 타투는 무슨 의미예요?

고양이를 한 마리 키우기 시작하면 필연적으로 둘째를 들일까 말까 고민하게 된다. 타투도 그렇다. 첫 번째 타투를 한 날부터 나는 줄곧 두 번째 타투를 생각했다. 나다운 것은 무엇인지, 나는 무엇을 좋아하는지, 타투로 새긴 후 오랜 시간이 지나 그때는 계속 좋아하지 않더라도 내 인생 한 시절에 이랬노라고 기록할 만한 것은 무엇일까. 떠오르는 게 있을 때마다 메모장에 적었다. 적어놓은 생각들은 시간을 먹고 점점 자란다. 어느 날은 머릿속에 구체적으로 그림이 그려지기도 한다. 그려진 그림을 팔에도 얹어보고 다리에도 얹어본다, 물론 상상속에서. 그렸다가 지웠다가 다시 그렸다가 그

렇게 여러 번 반복하고 나서 몸에 새겨지는 타투는 더 애착
이 간다.

"그 타투는 무슨 의미예요?"

물어보는 사람들이 종종 있다. 설명하자니 진짜 궁금해서
묻는 건가 싶고, 말을 안 하자니 딱히 비밀도 아닌걸. 자세히
이야기하자면 그렇게까지 궁금해할까 싶고, '이건 달리기고
요, 이건 태양, 서핑, 여기는 맥주'라고 간단히 넘어가면 타
투 하나하나에 담긴 마음들이 납작해지고 가벼워진다.
　자, 그럼 하나만 할게요. 최애타투 이야기.

왼쪽 팔목에, 시계를 차면 시계알에 반 이상 가려지는 자
리에 타투가 있다. "TEMPORARY". 버질 아블로^{Virgil Abloh}의
작품에서 힌트를 얻었다. 버질 아블로는 디자이너. 오프화이
트^{Off-White} 브랜드를 만들었고 2021년에 젊은 나이로 삶을
마감할 때까지 루이비통의 남성복 디렉팅을 했다. 10년이란
짧은 시간 동안 패션계에 신선한 충격을 선사했다. 나이키와
도 수많은 콜라보를 진행했다. 나이키의 아이코닉한 신발들
을 해체-재조립하고 프린트를 덧입혔다. 돈 주고 살 수 있는

아트피스였다. 한정판으로 나온 것들은 리셀러들이 노리는 아이템 1순위가 되었다. 나이키 말고도 여러 브랜드와 콜라보를 했는데, 이케아와의 제품들도 재미있는 게 많다. 초록색 러그에 헬베티카 폰트로 "WET GRASS"라고 큼지막하게 글씨를 올린 것, 재미있지 않나요? 이케아 영수증 모양의 러그도 있다. 이것저것 보다가 내 마음을 쿵 하고 때린 것은 바로 이것, 벽시계입니다.

숫자도 없이 아주 단순한 하얀색 플라스틱 시계 위에 같은 하얀색으로 "TEMPORARY"라는 글자만 얹어놓았다. 쉽고

흔한 단어인데 시계 위에 올려두니 다르게 보인다. 짓궂어 보이기도 하고 냉소적이기도 하고 따뜻하기도 했다. 이 단어를 이렇게 오래 들여다본 적이 있었던가. 시계를 보고 있는 지금 이 순간에도 시간은 흐른다. 영원처럼 느껴지는 기쁨이든 고통이든 이 또한 지나가리라—This too shall pass away—를 한 단어로 단단하게 압축한 느낌이다. 모든 것은 변하지만 아무것도 변하지 않는다—Everything changes but nothing changes—와 한쪽에서 연결되기도 한다. 변하는 것들을 통해 변하지 않는 것을 생각한다. 같은 강물에 발을 두 번 담글 수 없다—It is not possible to step twice into the same river—도 떠오른다. 시계를 보며 자각하는 지금이란 영원의 시간 속 찰나의 순간이며 동시에 모든 시간이기도 하다. 볼수록 겹겹이 재미있다. 지금 이 시간을 충실히 살아야겠다는 생각마저 든다.

좋아하는 걸 다 가질 수는 없지만 이건 갖고 싶다. 한정판으로 나온 이 시계는 구매권 응모해서 당첨된 부지런하고 운도 좋은 사람들만 가질 수 있는 희귀 아이템이었다. 물론 나도 응모했지만 떨어졌다. 떨어지고 크림으로 직행했다. 크림에는 자신의 운을 얼마간의 웃돈을 받고 파는 사람들이 있으니까. 좋아하는 화가의 에디션넘버가 붙은 판화를 프리미엄

붙여서 사는 기분으로 정가보다 훨씬 비싼 돈을 주고 작품을 샀다. 아니, 비싸지 않다. 가치 있는 물건이라 여기는 사람에게는.

작품에 건전지를 넣지는 않았다. 나는 소리에 민감한 사람이니까. 딱히 시각을 알려고 산 건 아니니까. 가지 않는 시계를 보며 저 하얀 싸구려 플라스틱 위에도 프린트 하나 잘 올리면 새로운 가치가 만들어진다는 걸 매번 확인하는 게 좋았다. 하필 이 단어가 하필 시계 위에 올라가서 만들어지는 비틀어진 개념의 틈새를 훔쳐보는 게 좋았다.

가지 않는 시계와 한 방에 있던 어느 날, 시계 위의 단어를 내 손목시계 위치에 타투로 올리면 어떨까 하는 생각이 들었다. 좋아하는 것들은 늘 생각하고 있지 않아도 고요한 의식 아래서 돌아다니다가 다른 좋은 것과 충돌해서 새로운 것으로 다시 태어나기도 한다.

손목시계를 하지 않은 채로 나도 모르게 '몇 시지?'하며 손목을 볼 때마다 "TEMPORARY"가 보인다. 시계를 차고 있어도, 글자의 일부가 시계에 가려져 있어도, 보인다, 나에게는. 이 타투가 때로는 나를 위로해주고, 때로는 겸손한 마음을 만들어준다.

"이 타투는 무슨 의미예요?"

"Temporary, 임시… 라는 뜻인데요. 혹시 버질 아블로 아
세요?"

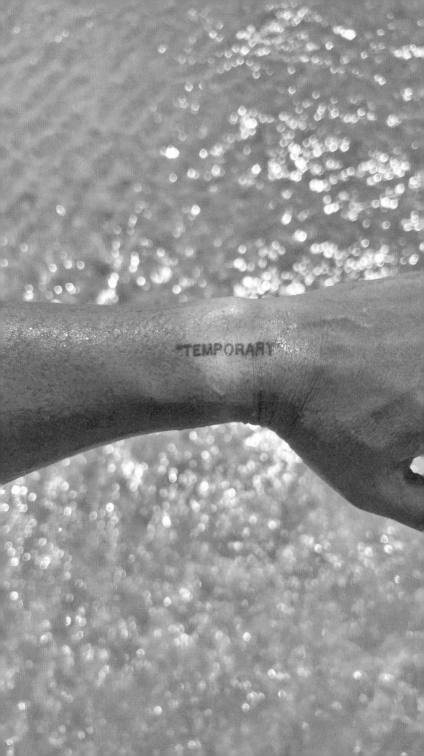

Nikon D1H

그때 카메라를 팔지 않았더라면
난 뭐가 됐을까

그때 카메라를 팔지 않았다면 나는 아마 사진가가 되어 있을지도 모른다. 혹은 여행작가가 되었을지도. 이십대 후반의 나는 매일 1.5kg의 SLR 카메라를 들고 다녔다. 길을 걸을 때면 특별한 의도 없이도 카메라를 손에 들고 걸었다. 순식간에 지나치는 장면을 놓치지 않고 찍을 수 있게. 퇴근하면 매일 밤 사진동호회 게시판에 들어가 그날 올라온 사진들을 넘겨보며 이 사진 좋다, 이건 별로인데 왜들 좋아할까, 이건 도대체 어떻게 찍었을까, 저렇게도 찍어봐야겠다 하며 사진을 연구했고, 주말이면 전국을 쏘다니며 하루 수백 장씩 사진을 찍었다. 찍은 것들 중에 쓸 만한 사진을 고르고 밤 늦게까지 눈이 뻘개지도록 보정하다가 안구건조증까지 얻었다.

잘못 끝난 연애가 남긴 후유증이었다. 모든 것을 쏟아붓는 연애였다. 헤어지고 나니 시간은 너무 많은데 만날 사람도 할 일도 아무것도 없었다. 후회지옥 자책지옥 원망지옥으로 떨어지기 딱 좋았다. 헤어짐은 나에게 너무 가혹했다. 언제부터? 왜? 그럼 그때는 뭐였지? 답이 나올 리 없는 별별 잡생각이 다 들었고, 그때마다 머리를 흔들었다. 더 깊이 빠지고 싶지 않았다. 우리가 함께 좋아했던 가수의 노래가 나오면 채널을 돌렸다. 생각이 떠오를 만한 건 모두 갖다 버렸다. 그래도 잡생각이 나를 괴롭혔다. 질문이 계속 떠올랐다. 언제부터였을까? 그렇게밖에 할 수 없었나? 내가 그때 그랬다면 달라졌을까? 그럼 그때 그 일은 그래서 그랬던 건가?

나를 바쁘게 만들어야 했다. 나를 바쁘게 만드는 게 꼭 사진이어야만 했던 건 아니지만, 마침 손에 적당한 카메라가 있었고, 그걸로 그냥 사진을 찍었다. 잡생각이 떠오르지 않도록 사진에 몰두했다. 쏟아부을 돈도 시간도 에너지도 충분했다. 촬영 스킬을 배우고, 포토샵을 연습했다. 많이 보고 많이 찍었다. 지옥에서 빠져나오려고 사진에 매달렸다. 죽어라 매달렸다.

하다 보니 알게 되었다. 사진과 나의 운명. 너무 잘 맞는 일이잖아! 나는 시각적으로 아름다운 걸 좋아한다. 누구나 그렇겠지만, 누구나 그런 것보다도 훨씬 더 시각적 쾌락에 매료되는 사람이다. 카메라라는 기계를 다루는 것도 재미있다. 화각, 광량, 조리개, 셔터스피드, ISO… 광학적 원리를 이해하는 것이 즐겁다. 필름 냄새가 좋다. 기록을 남기는 행위는 그 자체로 즐겁다. 사진은 완벽한 놀이이자 표현이고 사교이고 거의 모든 것이었다. 사진을 더 잘 찍고 싶었다. 퇴근하면 PC 앞에 앉아 사진커뮤니티에 들어가서 잘 찍는 사람들의 사진을 연구했다. 사람들이 어떤 사진에 좋아요를 누르는지 관찰했다. 척 봐도 좋은 사진이 있고, 왜 좋아하는지 이유를 모르겠는 사진도 있었다. 자기 전까지 내내 사진만 보았다. 아무리 보아도 싫증나지 않았고, 보는 만큼 실력이 느는 것 같아 재미있었다. 동시에 내 사진을 연구했다. 나는 뭘 좋아하는지 나는 뭘 잘하는지 스스로를 이해하는 과정이었다. 차차 내 사진을 좋아하는 사람들도 생겼다. 재미있었다. 잘하는 것 같기도 하고. 아예 이쪽으로 나갈까? 때때로 그런 생각도 들었지만 두려움도 컸다. 진짜 좋아하는 건 취미로만 해야 한다던데, 일이 되면 재미없어진다던데.

그러던 어느 날 나는 카메라를 팔아치웠다. 스마트폰이 없던 시절이니까 그건 더이상 사진을 찍을 수 없다는 의미였다. 사진에서 손을 뗐다. 왜 그래야만 했을까.

다니던 회사 대표님과 면담을 했다. 갑자기 회의실에서 잠깐 보자고 하셔서 긴장하고 들어갔다. 잠시 가벼운 대화가 오가고 나서 대표님은 사진 이야기를 꺼내셨다.

"인성 씨, 인성 씨는 사진으로 먹고살 생각이 있어요?"

"아니요, 아니에요. 재미있기는 한데, 취미로만 하려고요."

"그래요? 직업으론 왜 아니에요? 인성 씨 사진 좋아하잖아요. 잘 찍기도 하고."

"아유, 잘 찍긴 뭘요, 사진 선수들 사이에선 아무것도 아니에요. 저는 그냥 완전 초보죠, 초보. 근데 사진을 일로 해볼까, 생각을 안 해본 건 아닌데요, 제대로 먹고 살기 어려울 것 같더라고요. 사진으로 돈이 되려면 이름난 작가가 되어 크게 성공해야 하는데, 제가 그럴 재능은 아닌 것 같아요."

"음, 그래요? 그럼 사진 찍지 마세요 이제."

생각지도 못한 전개에 골이 띵했다. 무어라 답해야 할지, 아니면 무슨 뜻이냐고 물어야 할지 몰라 멍해졌다.

"인성 씨, 잘 한번 생각해보세요. 시간을 두고."

당황스럽기도 하고 화도 났다. 아니, 회사의 대표라고 퇴근시간 이후 개인의 취미까지 통제해도 되나? 사진을 찍으라 마라 하는 건 너무한 거 아냐? 사진 말고는 낙이 없는데? 그걸 하지 말라고?

언짢은 감정이 가라앉기를 기다려 며칠 후 다시 생각했다. 그의 요구가 옳고 그르고는 중요하지 않다. 나에게는 무엇이 좋은 것일까. 여기에 집중했다. 왜 그런 이야기를 꺼내신 걸까. 내가 지금 일을 되게 못하고 있구나. 사진에 정신 팔려서 내가 일을 제대로 하는지 아닌지도 모르고 있구나. 계속 이렇게 살아선 안 되는 상황이구나. 사진가로 전직을 하든, 지금 일을 똑바로 하든 둘 중 하나. 그래, 생각해보면 '사진 말고는 낙이 없다'는 것이 문제였다. 일이 즐겁지 않은데 일을 잘할 수 있나? 일하는 데 뜻이 없는 사람이 성장할 수 있나? 업무시간을 지루하게 견뎌내고, 퇴근 후의 시간이 진짜 내 삶이라 믿으며 취미를 즐기는 사람으로 계속 이렇게 살아도 괜찮나? 질문을 던져본다. 그건 아닌 것 같다. 그럼 지금 사진에 쏟고 있는 열정을 일에 쏟는다면 어떻게 될까? 사진에 몰두하듯이 일에 빠지면 일이 다시 재미있어지지 않을까?

어차피 사회생활을 회사에서 시작했으니, 일 잘하는 사람이 한번 되어보고 싶다. 동료들이 저 사람이랑 일하고 싶어요─ 하는 사람이 한번 되어보고 싶다. 길게도 말고 딱 1년만 해보자. 몰입. 자는 시간 빼고 모든 시간과 정신과 에너지를 오로지 일에만 쏟아보자. 고3 때처럼, 군입대한 것처럼, 친구도 만나지 말고, 영화도 보지 말고, 사진도 찍지 말고 어떻게 하면 일 잘할까 방법을 찾고 묻고 더 많이 준비하고 더 많이 고민하는 거 1년만 해보자. 거기까지 생각하고 나니 사진기는 더이상 필요 없었다.

"고민은 좀 해보셨어요?"

"네. 처음엔 좀 당황스럽고 그랬는데, 생각해보니 대표님 말씀이 맞더라고요. 사진 그만 찍고 그 시간에 일을 해보려고요."

"그래요? 큰 결심 하셨네요. 쉽지 않았을 텐데… 나도 이야기를 하긴 했는데, 너무 주제넘게 말한 것 같아 미안해요."

"아니에요, 대표님. 덕분에 생각할 기회가 되었어요, 제가 지금 뭘 해야 하는지. 고맙습니다, 대표님."

"아이고 인성 씨, 제 뜻을 잘 헤아려주어서 고마워요. 그럼 카메라는 어떻게 할 거예요?"

"팔았어요."

"벌써?"

"네, 찍지 않고 둘 거면 얼른 팔아야죠. 카메라 가격은 계속 떨어지니까. 나중에, 1년 뒤에 더 좋은 거 사면 됩니다."

신기한 일이다. 카메라를 팔고 나니 일이 재밌어졌다. 일하는 게 이렇게 재미있는 줄 몰랐다. 사진 스킬을 익히는 재미처럼, 일 스킬을 익히는 것이 그렇게 느껴졌다. 작은 규칙들을 만들었다. 누구보다 일찍 출근하고 누구보다 늦게 퇴근한다. 출근길엔 음악 듣기를 그만두고, 출근길에 보는 잡지를 〈씨네21〉에서 〈한경비즈니스〉로 바꿨다. 이렇게까지 해야 하나 싶었지만 이렇게까지 해야 관성을 깨고 변할 수 있을 것 같았다.

처음엔 일찍 출근했더니 뭘 해야 할지 몰랐다. PC를 켜고 어제 했던 일들을 다시 살피고, 뭐 할 거 없나 둘러보았다. 저녁에도 가장 늦게 퇴근하겠다 마음먹었더니 내 과제의 솔루션을 더 고민하게 되고, 지금도 좋은 것 같지만 더 좋은 방법은 없을까 다시 보게 되었다. 내 프로젝트 고민을 계속 붙잡고 있는다고 뭐가 나오는 것도 아니어서, 퇴근시간 후에도 앉아 있는 동료와 선배들에게 '뭐 도울 일 없어요?' 하고 물었다. 그들은 그들의 고민을 이야기하고, 나도 같이 고민하며 문제를 풀었다. 늦게 퇴근하면서 충분히 시간을 들이니 아침에 일찍 왔을 때는 더 할 일이 없었다. 그럴 때는 책장에서 끌리는 책을 꺼내 읽었다. 《포지셔닝》, 《마케팅 불변의 법칙》. 책을 읽다 보면 한 명씩 출근했다. 안녕하세요—

사람들도 나의 변화를 눈치챘다. "일 좀 제대로 해보려고요, 일 잘하고 싶어서." 너스레를 떨었다. 입 밖으로 뱉고 나면 스스로 한 말을 이루고자 하는 마음이 커져서 이루게 될 확률이 3.8배 높아진다고 하버드대학교 연구소에서 발표.했는지는 모르겠지만, 확률이 높아지는 것만큼은 사실이다.

그렇게 1년이 지나갔다. 브랜딩은 재미도 있고 잘할 수도 있는 일이 되었다. 제안의 승률이 높아지고 동료들의 평판도 달라졌다. 더 잘하는 사람이 되려고 읽고 경험하는 것은 사진 스킬을 배우는 것만큼 재미있었다. 이제 나는 알았다. 일이 내 생활의 확고한 1번이 되었다는 걸. 이제 다시 카메라를 사도 될 것 같았다. 팔았던 카메라보다 더 좋은 카메라를 샀다. 하지만 카메라가 있어도 예전처럼 열심히 찍게 되지는 않았다. 일부러 덜 찍으려고 하는 것은 아닌데 자연스레 그렇게. 무언가 중요한 것이 빠져나가 버린 것 같았다. 사진 찍는 게 전처럼 신나지 않았다. 그건 좀 쓸쓸한 일이었다. 내가 정말로 좋아했던 건 사진이 아니었을지도. 사진이라는 대상에 몰입하는 행위 그 자체 혹은 열정적인 나였을지도 모르겠다.

시간이 흘러 이제는 누구나 언제나 카메라를 손에 들고 다니는 시대가 되었다. 나의 주력 카메라는 아이폰. 이것 말고 따로 카메라를 가지고 다니지는 않는다. 남들과 똑같은 사진기—아이폰으로 누구나 찍는 그런 사진을 찍는다. 오래 전 사진이냐 브랜딩이냐를 놓고 고민하던 그때, 회사를 포기하고 사진을 선택한 내가 평행우주 어딘가에 있다면 그는 지금 무슨 생각을 할까? 여전히 사진을 좋아할까? 사진가로 자기 세계를 펼치며 살고 있을까? 그냥 그저 그런 사진관을 운영하며 살고 있을까? 아니, 사진은 내 길이 아니라고 때려치우고 다시 브랜딩을 하고 있으려나?

Sony NEX7

나는 언제 행복한가

해외에서 한 번은 살아보고 싶다는 로망이 있었다. 나는 티피컬하게 분류되는 게 싫었다. 서울 사람 말고, 한국인도 아니고, 어떤 개념에도 구속되지 않는 지구인 같은 게 되고 싶었다. 해외여행을 가서, 한국이 아닌 낯선 나라에서 만나는 내가 좋았다. 한국에서 당연한 것이 어떤 곳에서는 당연하지 않았다. 한국과 전혀 다른 곳인데도 또 어떤 것들은 똑같았다. 왜 다른지 왜 같은지 생각해보는 게 마냥 즐거웠다. 그럴수록 삶의 본질에 가까이 다가가는 것만 같았다. 어떤 집단이 만든 고정관념에도 구속되지 않고 맨눈으로, 아이 같은 호기심으로 세상을 보는 게 좋았다. 이탈리아 남부의 작은 섬을 여행할 땐 '여기서 우체부 일을 하며 매일 이 섬을 한 바퀴씩 걷는 것도 좋겠다'고 생각했고, 베트남을 여행할 땐 '여기 살려면 뭐 해서 돈 벌지?' 생각해보기도 했다.

이탈리아 시골도 좋고 따뜻한 동남아도 좋지만 아무런 제약 없이 내 맘대로 살아볼 장소를 고를 수 있다면 나는 역시 도쿄에 살아보고 싶었다. 80년대에 십대를 보낸 나에게 세상에서 가장 반짝반짝하고 멋진 곳은 누가 뭐래도 도쿄였다. 누구나 사춘기 감성 낭낭할 때 보고 들은 것들에 영향을 많이 받지 않는가. 어릴 적에 일본 만화를 보고 일제 프라모델을 조립하고 소니 워크맨을 갖고 싶었던 나에게 도쿄는 꿈의 도시, 세계 문화와 경제의 수도 같은 곳이었다. 대학생이 되고서는 일본 영화도 열심히 찾아다니며 보았다. 당시는 일본 영화나 음악 등의 문화상품이 수입금지 대상이었지만 대학생이 지적인 호기심으로 비영리적 루트를 통해 보는 것은 허락되었다. 일본 문화를 공부한다는 명목으로 작은 강의실에 모여 영사기를 돌려서 보는 일본 영화는 비밀스러운 분위기가 더해져 더욱 특별하게 느껴졌다. 〈러브레터〉, 〈쉘 위 댄스〉, 〈하나비〉— 세상 사람들은 모르고 우리만 공유하는 이 유머와 감동. 나는 잔잔하고 아름다운 화면에 담긴 사람들과 음식, 장소들을 만난 적도 없으면서 그리워했다.

그렇게 동경하던 도쿄에, 내가, 진짜로 살게 될 줄이야.

기회는 갑자기 찾아왔다. 다니던 회사에서 도쿄에 파견근무할 사람을 찾는다는 소식을 들었다. 도쿄지사에서 일하던 한국인 직원들이 한국으로 돌아오기를 원했기 때문이었다. 때는 2011년 3월, 일본에 큰 지진이 있었고 많은 건물이 무너지고 사람들이 죽거나 다쳤다. 패닉에 빠졌다. 지진 해일로 후쿠시마의 원자력발전소가 타격을 입었고 일본산 농수산물은 방사능에 오염됐다는 소문이 돌았다. 크고 작은 여진이 매일 이어졌다. 끔찍한 지진을 겪은 사람들은 작은 지진에도 예민했다. 더이상 그곳에 머물고 싶어 하지 않았다. 멀쩡히 잘 살던 사람들도 삶의 터전을 접고 탈출하는 마당에 거길 들어가겠다는 무모한 사람이 있나 했는데 그게 바로 접니다.

저요! 제가 가겠습니다!

한 번은 외국에 살아보고 싶었던 사람, 그중에서도 도쿄에 살아보고 싶었던 사람 앞에 도쿄 파견근무 기회가 열렸는데 지진이고 방사능이고 그런 건 눈에 들어오지 않았다. 다만 걱정되는 게 하나 있다면 아내였다. 아내도 직장이 있는데 하던 일을 그만둘 수도 없고, 고양이 식구들도 마음에 걸렸다. 애들을 도쿄로 데리고 갈 수는 있나? 알아보니 가능은 하지만 역시 쉽지 않았다. 애들 피부 안쪽에 칩을 심어야 하고, 수차례의 검역을 거쳐, 도쿄까지 긴 여행을 하자니 막막했다. 그럼 나 혼자 도쿄에 가서 아내와 떨어져서 살아야 한단 말인가. 결혼 6년 차였던 우리는 단 며칠도 떨어져 산 적이 없었다.

"다녀와요. 도쿄에서 살아볼 기회가 언제 또 오겠어-"

고민하는 나를 아내가 응원해주었다. 그 마음이 마냥 기쁘지는 않았을 것이다. 괜찮을까? 나도 걱정스럽긴 했지만 기회를 잡는 데 드는 비용이라 생각해볼까. 그래, 어떻게 좋기만 하겠어, 비용을 지불하지 않는 기회란 없으니까, 하고 생각하면서도 뭔가 계속 찜찜하고, 찜찜한 가운데에도 중간중간 설렜다.

국제이사는 생각보다 간단했다. 지낼 곳은 회사에서 마련해주었다. 가구도 가전도 다 있고 1주에 한 번씩 청소도 해주는 레지던스라고 했다. 이삿짐이라 부르기엔 단출한, 긴 여행 정도의 짐을 쌌다. 그래도 옷의 부피가 좀 되고 책은 무겁다 보니 핸드캐리로 가져갈 수는 없었다. 얼마 안 되는 짐은 몇 개의 박스에 담겨 국제이사에 걸맞게 화물선 컨테이너 박스에 실려 도쿄로 먼저 떠났다.

이삿짐을 부치고 나니 그저 업무도구인 노트북과 당장 입을 옷 몇 벌 그리고 책 몇 권 정도만 챙기면 됐다. 비행기 티켓을 편도로 끊었다. 귀국 일정이 정해지지 않은 출국은 처음이었다. 여행자가 아닌 거주자로서 입국수속을 마치고, 나리타 익스프레스를 타고 한 시간을 달려 오사키에 있는 오피스에 도착했다. 내가 인사나 제대로 할 수 있을까? 일본어라곤 '僕は장인성と申します(저는 장인성입니다)'밖에 못하는데?

다행히 인사팀의 일본인 직원은 한국어를 잘했다. 한국 사람 같은 자연스러운 억양이었다. 이렇게 한국어를 잘하는 일본인을 만난 건 처음이라 신기했다. 간단히 사무실 투어를 하고 자리를 안내받고 팀원들과 짧게 인사하고 뭐가 뭔지 모르게 시간이 흐른 뒤 일찍 퇴근했다. 이제 회사에서 마련해준 레지던스까지 잘 찾아가야 하는 과제가 남았다.

숙소는 멀지 않았다. 시로카네역에 내려 작은 트렁크를 끌며 조금 걸었다. 조용하고 깨끗한 동네였다. 5분쯤 걸어서 도착, 주소지에 있는 건물은 작지만 높고 단정해 보였다. 작은 엘리베이터를 타고 10층을 눌렀다. 덜컹— 엘리베이터를 내려 오른쪽, 복도에서 다시 왼쪽 끝 현관문, 열쇠를 꽂고 왼쪽으로 두 바퀴를 돌려 달칵, 손잡이를 돌리고 문을 열었다. 정면으로 넓은 창이 보이는 쾌적한 곳이었다. 단정한 소파가 있고 소파 앞엔 TV, 작은 간이 조리대, 침대를 덮은 구김 없는 이불에서는 깨끗한 냄새가 났다. 침대 구역은 미닫이문으로 거실과 분리할 수 있는 깔끔한 구조였다. 욕실을 겸한 화장실은 전형적인 일본식, 하얀 플라스틱 부스로 되어 있었다. 두루마리 휴지 끝이 두 번 고이 접혀서 걸려 있었다, 호텔처럼.

처음 며칠은 바쁘고 정신없이 지나갔다. 스이카(교통카드)를 충전하고, 전차를 타고, 걷고, 외국인 등록증 발급 신청을 했다. 새 휴대폰을 개통하려고 하니 통장이 필요했고, 통장을 개설하려니 전화번호와 도장이 필요했다. 전화번호 없는데요. 회사 번호도 되나요? 회사 번호는 안 돼요? 집전화 없는데. 휴대전화 개통하려고 통장 만드는 건데요. 어쨌든 나는 도장을 파고, 밥을 사 먹고, 걷고, 전차를 갈아타고, 사원증을 만들고, 오는 길에는 콘비니(편의점)에 들러 먹을거리를 좀 사가지고—아직 집이라고 부르긴 좀 어색한—집으로 돌아왔다.

내가 없는 집엔 물론 아무도 없다. 내가 없으니까. 내가 집에 가야 비로소 사람이 한 명 생긴다. 이 집엔 내 물건이 없다. 내 책장도 없고, 내 자전거도 없다. 옷장에 달랑 옷 몇 벌만, 욕실에 새로 산 칫솔 치약만 겨우 내 것이다.

레지던스는 절반쯤 호텔 같아서 침대에는 내가 고르지 않은 침대시트가 매주 빳빳하게 다려져서 올라온다. 베개에서는 잘 마른 깨끗한 냄새가 났지만 내 것 같은 온기가 없다. 깔끔하지만 내가 고르지 않은 소파, 소파와 잘 어울리는데 낯선 테이블, 잘 모르는 외국어가 나오는 TV, 모르는 냉장고, 모르는 전자레인지, 나의 흔적은 어디에도 없었다. 내가 여기 있는 게 사실이긴 한가? 내가 어느 날 갑자기 나타나지 않아도 내가 여기 존재했다는 것을 누군가 알 수는 있을까? 문득 나의 존재가 한없이 얇고 가볍게 느껴졌다. 우스웠다. 물건 따위가 뭐라고. 그런 마음이 들 때면 아내와 통화를 했다. 한국에선 낯간지러워서 하려고 생각지도 않던 화상통화를 했다. 애틋했다. 이윽고 통화가 끝나면 다시 호텔 같은 방. 내 흔적까지 소독된 호텔 같은 방에 임시 거주자인 내가 있었다. 호텔 같다는 건 더이상 멋지다는 뜻이 아니다. 호텔 같다는 건 쓸쓸하다는 말이다.

혼자라는 건 꽤 외로운 일이었다. 회사에 가면 이야기할 동료들이 있었지만, 일본에 온 김에 일본어를 배우자고 마음먹었으니 퇴근 후에는 한국인을 만나지 말아야겠다고 생각했다. 그 결심 때문에 나는 더 외로워졌다.

외로움과 함께 나를 괴롭힌 것이 또 있었는데, 무능감이었다. 마케팅, 소비자를 설득하고 써보게 하는 일을 하려면 소비자를 잘 알아야 한다. 한국에서는 소비자를 안다는 게 그리 어려운 일이 아니었는데 일본에서는 아니었다. 인간의 기본적인 생리는 비슷할지 몰라도 문화는 많이 달랐다. 말의 뉘앙스도 잘 몰랐다. 척하면 착 하는 느낌을 알지 못했다. 공유하는 문화가 없었다. 문화를 모르고는 말도 할 수 없고 설득도 할 수 없었다.

남들 다 아는 걸 나만 모른다는 건 꽤 스트레스 받는 일이었다. 그래서 한 일이 퇴근하고 집에 오면 TV를 보며 일본 대중문화를 공부하는 것. 일본 TV는 되게 재밌는 거 많이 할 줄 알았는데, 어느 채널을 틀어봐도 토크쇼 아니면 뉴스 아니면 드라마였다. 일본어를 모르는 나는 재미있을 수가 없었다. 그나마 다행인 것은 일본 TV 방송은 자막이 있다는 것. 청각약자들을 위해 모든 방송이 자막을 제공한다. 자막 버튼만 누르면 된다. 집에 있는 동안은 늘 TV를 틀어놓았다. 몰라도 일단 귀에 일본어를 계속 집어넣었다. 눈으로는 글자를 더듬더듬 읽고 귀로는 소리를 들었다.

이게 될까 싶게 아무것도 모르겠는 날들이 한참이었는데, 계속 보다 보니 조금씩 뭔가 구별할 수 있게 되었다. AKB48이란 아이돌 멤버들이 TV에 많이 나왔다. CF에도 나오고, 토크쇼에도 나오고, 음악방송에도 나왔다. 심지어 뉴스에도 나왔다. 나는 저절로 이 나라 아이돌이 돌아가는 시스템을 알게 되었다. 토크쇼에 많이 나오는 예능인들을 하나둘 알아볼 수 있게 되고 어느덧 그들이 친구처럼 느껴졌다.

나는 평범함을 공부했다. 일본인이 사랑하는 90년대 가요 베스트 10, 2000년대 히트 드라마 베스트 10, 도쿄에서 가장 살고 싶은 동네 베스트 5 같은 것들을 알아갔다. 이것부터 알지 않으면 더 나아갈 수 없었다. 남들이 많이 본다는 걸 보고, 많이 산다는 걸 샀다. 나는 강렬하게 평범하고 싶었다. 중간쯤 가고 싶었다. 남들 다 간다는 인기 스팟을 공부하고 찾아갔다. 인기 있다는 노래를 듣고, 'No. 1' 표시가 붙은 메뉴를 먹었다. 그것이 아무것도 모르는 내가 중간이라도 갈 수 있는 가장 빠른 길인 것 같았다. 사는 동안 중간쯤 되는 사람이기를 이렇게 열망했던 적이 없었다.

내 삶이 어딘가에 기여하지 못하고, 누구에게 도움이 되지 못하고, 누굴 챙겨주기보다 누군가에게 계속 챙김을 받아야 하는 삶. 무엇도 잘하는 게 없고 잘 아는 것도 없는, 친한 사람, 편한 사람, 아껴주는 사람이 없는 삶. 어느 날 없어져도 알아채지 못할, 이곳에 딱히 필요하지 않은 존재. 아무도 모르게, 나조차 모르게 나는 좀 주저앉아 있었던 것 같다.

그러던 어느 날, 일본어 공부에 도움이 될 것 같다며 회사 동료가 한일교류회를 소개해주었다.

"한일교류회라는 게 있어요. 한국어를 하고 싶은 일본인과 일본어를 하고 싶은 한국인이 만나서 이야기 나누는 모임이죠. 신오쿠보 쪽에 가면 있을걸요? 검색해봐요."

그 주말에 나는 몸을 일으켜 한일교류회 모임에 갔다. 서울의 나였다면 결코 하지 않았을 일이지만—외로움이 이렇게 위험합니다, 여러분—쭈뼛쭈뼛 들어가 앉아서 어색하게 인사를 나누었다. 한국말로 한 시간, 일본말로 한 시간. 어떻게 해야 할지 잘 모르겠는 표현은 그냥 한국어로. 그러면 알아들은 사람들이 일본어로 말해주었다. 서로 비슷한 처지라 대화하기가 훨씬 편했다. 서로 호기심도 있었다. 자기소개를 하고, 좋아하는 것을 말하기도 하고, 페이스북 친구도 맺었다. 교류할 누군가가 필요해서 교류회를 찾아온 우리는 쉽게 친구가 되었다.

그중에 토모미라는 친구가 있었다. 여자였고, 키가 작고, 얼굴이 동글동글한데 눈이 커서 귀여운 인상이었다. 그는 한국말을 조금 했다. 연세어학당에 다니며 몇 달 동안 서울에 살았다고 했다. 오랜만에 한국어로 말할 기회를 만난 그는 신나서 떠들었다.

"인성, 등산 좋아한다고 했지? 나 다음 주말에 산악회 친구들이랑 다카오산에 가는데 같이 갈래?"

"내가 가도 괜찮은 거야?"

"물론이지. 가고 싶으면 친구들에게 미리 이야기해놓을게. 아마 다들 좋아할 거야."

"몇 명쯤 가?"

"한 스무 명?"

"재밌겠다. 나 어디로 가면 돼?"

등산은 도쿄 시내에서 전차로 한 시간 반쯤 떨어진 어느 작은 역 앞에서 출발했다. 첫 모임에 늦을까 봐 조금 뛰었다. 토모미를 발견했다. 이미 사람들이 모여 있었다.

"안녕하세요. 한국에서 온 장인성이라고 합니다. IT계 회사에서 마케팅을 하고 있습니다."

이 산악회는 그럴듯한 이름도 없이 그냥 '등산부'라 불렸다. 일본인 20명, 나 혼자 한국인. 그들은 외로운 외국인 노동자인 나를 환영해주었다. 간단히 몸을 풀고 산에 올랐다. 어려운 산은 아니지만 땀이 제법 났다. 꼭대기에 올라 단체 사진을 찍었다. 내려온 길로는 온천에 갔다. 노천탕이 있는 크고 오래된 온천이었다. 무거운 등산화와 땀에 젖은 옷을 벗고 샤워를 했다. '인성도 이리 와.' 우리는 탕에 모여 농담을 했다. 알아듣기가 어려웠다. 개운하게 씻고 온천에 딸린 식당에 다시 모였다. 장어도시락을 먹으며 생맥주를 마셨다.

등산 모임은 달마다 있었다. 다음 달 산행에는 카메라를 가지고 나갔다. 도쿄의 중고 카메라상에서 장만한 NEX7. 산에서 쓰려고 작고 가벼운 것으로 샀다. 작지만 그래도 렌즈교환식 카메라. 이런 사진은 표정과 타이밍이 중요하니까. 좋은 장면을 찍기 위해 행렬의 앞으로 뛰기도 하고, 뒤에서 찍고 또 달려서 따라가기도 했다. 평소에 달리기를 하니까 카메라 들고 이 정도 뛰는 건 문제없다. 땀 흘리는 모습을 가까이서 담고, 쉬는 시간에 물을 마시며 환하게 웃는 표정도 놓치지 않고 찍었다.

모임이 끝나고 집에 와서 사진을 분류했다. 연사로 찍은 사진들 중 잘 나온 사진들을 고르고 어두운 건 좀 밝게 보정하기도 하고, 비스듬히 찍힌 건 수평에 맞게 돌리고, 쓸데없는 부분은 크롭해서 보여주고 싶은 걸 강조하기도 하고. 그러고는 모임 페이지에 올려서 공유했다. 곧 댓글이 달리고 엄지손가락이 올라왔다. 알람에 휴대폰이 계속 진동했다. 인성 사진 너무 좋다! 이 장면을 찍었구나! 나도 있네! 내가 이렇게 웃었어? 와 이거 너무 이쁘다! 최고! 이거 웃겨! 사진 고마워! 휴대폰을 든 두 손과 얼굴이 달아오르며 가슴이 뜨거워졌다. 얼었던 손발이 녹듯이 몇 달 동안 얼어 있던 뭔가가 사르르 녹는 것 같았다. 내가 한 일을 기뻐해주고 있다, 나도 쓸모 있는 존재인 건가. 한국에서는 당연한 일상으로 생각하던 아니 인식조차 못했던, 고마움을 주고받는 것의 소중함. 가까운 사람들에게 도움이 되고, 기쁘게 하고, 쓸모 있는 사람임을 확인하는 건 행복하구나. 당연하게 생각하던 일들이 그냥 주어지는 게 아니었구나. 이런 생각을 하는 걸 보니 그동안 나는 많이 아팠나 보다. 존재가 희미해지는 호텔 같은 방, 외로움과 무능감으로부터 어떻게 탈출할 수 있을지 조금 알 것 같았다.

Tonkatsu Tonki

언제나 그 자리에
그대로였으면 하는
가게가 있다

도쿄에 여행 가는 사람들이 물어볼 때마다 추천하는 집이 있다. 톤키. 돈가스집이다. 아니, 돈가스는 어릴 때 경양식집에서 먹던 게 돈가스고, 이건 톤카츠라고 부르는 게 잘 어울리겠다. 톤키, 톤카츠 집이다.

　여행객들은 딱히 올 일 없는 메구로역. 멀지 않은 곳에 'とんき(톤키)' 간판이 달린 작고 오래된 건물이 있다. 부지런히 문이 열리고 닫히고 사람들이 들어가고 나온다. 설레는 마음으로 미닫이문을 열고 들어간다. 입구에는 언제나 웨이팅 손님들이 바글바글. 사람들 사이로 할아버지 한 분이 '웃

상'의 얼굴을 내민다. 활짝 웃으며 방금 들어온 손님— 나를 본다.

"로스까? 히레까? (로스카츠 하실래요? 히레카츠 하실래요?)"

나는 늘 같은 대답.

"로스, 셋토데 오네가이시마스. (로스카츠, 세트로 주세요.)"

그러면 할아버지는 웃으며 손에 든 작은 노트에 뭐라고 쓴다. 그 노트가 나는 전부터 몹시 궁금했다. 뭐라고 적는 걸까? 이 식당의 특이한 점 중 하나는 웨이팅 손님이 수십 명이지만 줄 서서 차례대로 있지 않고 여기저기 흩어져 앉아서 기다린다는 것인데, 그럼에도 무슨 비법인지 틀리지 않고 먼저 온 순서대로 손님을 불러준다. 그 노트에 비밀이 있다. 노트를 보고 내가 식당 어느 구석에 앉아서 기다리든 차례가 되면 나를 찾아내서 앉으라고 안내하는 것이다. 노트에 도대체 뭐라고 쓰기에? 내 이름을 물은 것도 아닌데 나를 어떻게 알아보나 너무 궁금하다. 차림새를 적는 것일까? 일본 아저씨들은 다 비슷비슷한 회사 정장을 입고 오는데? 눈코입을 그리나? 순식간에?

　기다리며 나는 눈앞에서 일하는 사람들에게 시선을 빼앗
긴다. 가게 한가운데를 널찍하게 차지하고 있는 건 오픈 주
방. 1층에는 식탁이 없다. (식탁은 2층.) 오픈 키친을 둘러싸
고 바bar 좌석만 있을 뿐이다. 바에 앉아 톤카츠를 먹고 있는
사람들과 자기 차례가 오기를 기다리는 사람들 모두 주방에
서 일하는 사람들을 본다. 1층 공간의 대부분을 차지하는 넓
고 깨끗한 주방에는 깨끗한 옷에 모자를 챙겨 쓴 여덟 명쯤
되는 직원들이 부지런히 자기 일을 하고 있다. 문 열고 들어
오는 사람들과 웃으며 인사하고 주문을 받는 미스터리한 노
트 할아버지, 기름 솥에 고기 넣는 것만 하는 사람, 갓 건져

낸 뜨거운 톤카츠를 칼로 썰기만 하는 굽은 등의 꼬부랑 할아버지, 접시에 음식을 정갈하게 담아 내어놓는 청년 셰프들. 자기 할 일에 몰두하는 사람들이 시계 톱니바퀴처럼 돌아간다. 뜨거운 톤카츠가 내게 오기까지 누가 무엇을 하고 있는지 한눈에 다 들어온다. 기름 솥은 깨끗하고, 마룻바닥은 얼마나 닦았는지 반들반들하게 닳아 있다. 천장에 등이 엄청 많이 달려 있어서 무대에 서 있는 사람들을 환하게 비춘다. 그래, 톱니바퀴보다는 연극무대를 닮았다. 다만 이들은 연기하는 게 아니라 진짜 일을 하고 있는 중. 이 공연을 한 시간쯤 구경하고 먹는 밥이 맛이 없을 리 없다. 맛이란 그런 것이다. 냄새와 맛뿐 아니라 음식을 기다리며 커지는 기대감, 직원들의 환대, 정성, 음악, 옆 테이블의 소음, 같이 있는 사람, 그와의 관계 같은 것들이 종합적으로 영향을 미친다. 미각만으로는 얻을 수 없는, 마음 깊은 곳에서 느껴지는 따뜻한 행복의 맛이다.

살다가 가끔씩 찾아오는 힘든 날이면 혼자서 톤키를 찾았다. 나는 늘 로스카츠를 시킨다. 히레카츠도 있고 쿠시카츠도 있지만 한 번도 시켜본 적은 없다. 맛있을 테지만 그걸 시켜버리면 오늘은 좋아하는 로스카츠를 못 먹으니까. 그럴 순 없지. 잠시 고민하다가 맥주도 시킨다. 기린이다. 병으로 가져온다. 생맥주를 관리하는 데 가게의 소중한 에너지를 분산시키지 않는다는 거다. 오케이. 밥을 먹고 맥주를 마시고. 쌀밥과 맥주는 잘 어울리지 않아서(취향입니다) 순서를 잘 신경 쓴다. 톤카츠 다음 맥주, 톤카츠 다음 밥.

어느새 마음이 조금 풀어진다. 이렇게 여러 사람들의 정성이 담긴 음식을, 오늘도 이 귀한 걸 먹을 수 있는 삶이라니 감사하지 않은가. 먹으면서 위로를 받고 그러면서 생각한다. 오래오래 톤키가 유지되기를. 그래서 언제라도, 또 마음이 힘든 어느 날이면 톤키를 찾아 공연을 보고 톤카츠를 먹으며 위로받고 힘낼 수 있도록.

그렇게 생각하면 또 이상한 생각이 든다. 여기서 가장 나이 많아 보이는, 리드미컬하게 칼질하는 꼬부랑 할아버지는 언젠가 못 나오실 텐데 그날 직원들은 어떤 마음일까. 그의 빈자리는 어떻게 메워질까. 자주 오는 단골들은 그의 부재를 보며 무슨 생각을 할까. 가끔 오는 나도 상상하면 마음이 저려오는데. 톤키의 셰프님들이 생각날 때면 구글 검색창에 'tonki' 이미지 검색을 한다. 갈 때마다 일하는 분들 얼굴을 유심히 봐서 그런지 이제 다들 아는 얼굴이다. 묘한 기분이다. 젊은 직원들을 보면서는 엉뚱한 상상을 하기도 한다.

(도쿄 메구로, 비가 내린다.

출근시간이 지나도록 연락도 없이 오지 않는 신이치를 마스터와 동료들이 파친코에서 찾아낸다.)

동료들 : 신이치! 이게 무슨 짓이야!

(신이치가 그들을 발견하고 도망가려다가 멈추고 그들을 향해 돌아선다.)

신이치 : 그만! 그만! 이제 그만두세요. 저 더이상은 못하겠어요. 포기하겠습니다. (잠시 눈물을 글썽이다 울먹이며 소리친다.) 지겹다고요!! 이따위 가게! 5년 동안 매일매일 양배추만 썰고 있는데, 참고 기다리라고요? 미래라고요? 그 미래, 무엇을 위한 미래입니까!!

마사히코 : 신이치! 시끄럽다! 그게 무슨 버르장머….

마스터 : 잠깐! (마사히코를 손으로 말리며 나선다.) 잠시 물러서게. (신이치를 보며) 신이치 군. 우리가 처음 만났던 날 기억나는가. 그대가 가게 문 닫는 시간까지 기다려서 주방에 막무가내로 들어왔던 날 말이야. 뭐든 할 수 있다고, 제발 시켜만 달라고, 한 사람 몫의 일을 배울 때까지는 급료도 안 받겠다고 호기롭게 말했던 날 말이야.

신이치 : 마스터상, 그런 옛날 이야긴 그만둬주세요!

마스터 : 신이치 군, 내가 그날 자네를 거둔 이유를 아나?

신이치 : 그거야… 뭐든 할 것처럼 보여서… 다른 이유가 있나
요?

마스터 : 음— 그래, 이건 좀 긴 이야기가 될걸세. 내가 열일곱 살
때, 굶어 죽어도 도쿄에서 죽겠노라고 자네처럼 무작정 도쿄역에
막 왔을 때 일이었지….

(마스터의 젊은 시절 이야기로 플래시백)

일본에 지진이 나거나 큰 태풍이 와서 사람들이 다치고 건
물이 무너졌다는 소식을 들을 때면 가끔 톤키를 생각한다.
'톤키가 무사해야 할 텐데.' 코로나19가 대유행일 땐 '팬데
믹 여파로 문 닫지 않아야 할 텐데'라며 걱정했다.

살다가 어느 날 마음이 힘들 때 여러분의 진심어린 공연에
변함 없이 위로받을 수 있도록, 부디 오래오래 그 자리에 계
속 있어줬으면. 밝게 웃으며 노트에 주문을 기록하시던 할아
버지, 금방이라도 쓰러질 듯 앙상한 몸으로 리듬을 타며 톤
카츠를 썰던 꼬부랑 할아버지, 양배추 써는 청년, 부지런히
샐러드 보충해주던 청년들. 제가 힘들 때 여러분 덕분에 힘
을 냈습니다. 고맙습니다. 잘 계시지요?

Swimming Lesson

수영 어디까지 해보실래요?

수영을 배우러 가면 이런 질문을 받게 된다.

"수영 어디까지 배우셨어요?"
"네?"

이제는 당황하지 않고 대답할 수 있게 되었지만 처음 이 질문을 받았을 때는 뭐라고 되물어야 할지도 모르게 막막했다. '어디까지라니? 이건 어떻게 대답해야 하는 거지? 정해진 순서가 있었단 말인가?'

그렇다. 그 당시 나는 수영이란 무릇 자유형, 배영, 평영,

접영 순서로 배운다는 것조차 몰랐다. 이 세계에는 자유형도 발차기, 한 팔 돌리기, 양팔 돌리기, 숨쉬기, 팔 꺾기 등 나름의 순서가 있었다. 이런 걸 모른 채로 수영을 등록하러 가서는 "어디까지 배우셨어요?"라는 질문에 죄 짓다 들킨 사람처럼 어물어물 말문이 막혀버린 것이다.

죄 없는 나는 괜히 억울했다. 그 순서를 만든 사람들과 가르치는 사람들, 상담실에 앉아서 그것만 설명하는, 수영의 모든 과정을 꿰고 있는 사람들이야 그 순서를 알겠지만 수영 배우러 온 사람은 모르는 게, 순서가 있다는 것조차 모르는 게 당연하지 않나 말이다. 이런 생각을 하는 동안 나보다 더 답답해진 상담 선생님이 다시 물었다.

"초급이세요, 중급이세요? 수영이 처음이세요?"
"아— 해본 적은 있는데 잘은 못해요."
"그럼 초급 하시면 되겠네요."

내가 수영 강습을 처음 받은 건 10여 년 전 도쿄에서였다. 초급반에는 대략 초급 같은 사람들이 모여 있고, 선생님은 갈 때마다 하루에 하나씩 포인트를 알려주었다. 하루는 어깨를 돌리며 팔꿈치를 높—이 올리는 거라든가, 다음 날은 물속에서 물을 뒤로 밀어내는 손의 감각이라든가. 그날 하루는 그 포인트를 중점적으로 익힌다. 엉성하던 자세가 날이 갈수록 조금씩 나아진다. 초급의 포인트를 다 배운 사람들은 중급반으로 간다. 그렇게 배우다가 서울에 와서 들은 질문이 '어디까지 배우셨어요?'였으니 어버버할 만하지 않은가.

　수영을 배우면서도 이게 맞는 건가 싶을 때가 있다. 서로 합의한 적은 없지만 선생님들은 어쩐지 '여러분 모두 스피드 스위밍을 배우러 왔잖아요' 하고 생각하는 것 같다. 선생님들은 체대를 졸업했을 것이고, 어릴 때부터 입시를 위한 수영을 배웠고, 전국체전을 꿈꿨을지도 모르고, 그분들이 경험한 것 모두는 선수를 키워내는 과정이었을 테니까. 자기가 배운 대로 가르치는 게 이상한 일은 아니다. 하지만 나는 전국체전을 꿈꾼 적이 없다. 단지 서핑하러 깊은 바다에 들어갈 때 물에 빠져도 가라앉지 않는다는 믿음을 갖고 싶고, 리조트 수영장에서 머리를 물에 담그지 않고도 여유로운 표정으로 수영하고 싶은 거다. 나뿐 아니라 수영을 배우려는 많은 사람들이 이런 마음일 텐데, 수영 강습은 왜 이런 과정이 없을까?

그래서 제가 개설합니다. 레저 수영반!

저희 레저 수영반은 3개의 클래스가 있고 원하는 수업을 신청해서 들으면 됩니다. 신혼여행을 앞둔 예비부부, 동남아 리조트로 여행을 준비하시는 분들께 추천합니다. 스피드 수영 말고 물놀이에 필요한 수영을 배우세요.

'1반'은 기초예요. 어떤 상황에도 당황하지 않고 물에 뜰 수 있는 방법부터 배웁니다. 자전거를 배울 때 멈춰서는 법부터 배우고 스노보드를 배울 때 잘 넘어지는 법부터 배우듯이, 물에 뜨는 법을 배우고 나면 그다음에는 편한 마음으로 필요한 기술을 익힐 수 있어요. 사실 물에 뜨는 법이 따로 있지는 않습니다. 사람은 원래 물에 뜨거든요. 알기만 하면 됩니다. 아, 안다고요? 알지만 안 된다고요? 숨을 들이마시고 머리를 물에 넣고 등으로 떠서 두 팔 두 다리에 힘을 빼보세요. 두둥실— 가만히 있어보세요. 뜨죠? 안 뜬다고요? 두 무릎을 가슴께에 붙이고 두 팔로 가볍게 안아볼까요? 마치 조약돌처럼 동동 물에 뜹니다. 아, 조약돌은 가라앉는구나. 그럼 한번 가라앉아 봅시다. 수영 선생님이 물속에서 어떻게 하는지 보라고 할 때 있죠? 선생님을 보려고 손으로 코를 막고 수면 밑으로 들어와봐요. 어? 근데 자꾸 뜨네요. 뜨면 안 되는데, 뜨면 못 보는데. 물속에 있기가 어렵네요. 이번에는 수영장 바닥에 떨어진 동전을 주워볼까요? 쉽지 않죠? 잘 안 내려가지죠? 가라앉는 게 이렇게 어렵다니까요. 뜨는 건 쉬워요. 사람은 물에 뜬다는 걸 몸으로 알면 발이 땅에 닿지 않는 깊은 물도 걱정 없어요. 이제 숨쉬는 법을 배워봅시다. 물에 뜨고, 숨도 쉴 수 있다면 이제 안전하죠? 안전하다는 느낌이 들면 그다음은 자신 있게 배울 수 있어요.

'2반'은 호텔 수영장입니다. 호텔 수영장에서 유유히 놀 수 있는 기술을 알려드립니다. 가장 중요한 건 평영과 배영이에요. 이 영법들은 여유가 있죠. 물에 풍덩 들어갔다가 나와서 선베드에 길게 누워 맥주를 마시고 에세이를 읽는 데 잘 어울리는 영법입니다. 다른 말로 하면 '행복'인가? 물안경 없이 맨눈으로 수영할 줄 알면 조금 더 리조트 같은 느낌이 돼요. 눈은 좀 아프죠. 물안경 쓰고 보는 것처럼 시야가 선명하지도 않아요. 평영을 잘 배우신 분들은 머리카락 섞지 않고 수영하는 궁극의 경지까지 갈 수 있어요. 미국 영화 보면 부잣집 수영장에서 주인공들이 그렇게 하잖아요. 모자에 선글라스를 쓴 채, 표정도 여유롭게. 사실 접영보다는 이게 더 하고 싶지 않나요?

'3반'은 바다수영입니다. 바다에서 필요한 기술을 알려드립니다. 아일랜드 호핑 투어를 갔는데 혼자만 바다에 못 내려가면 아쉽잖아요. 제가 그랬거든요. 저는 구명조끼 입고도 무서워서 벌벌 떨고 못 내려가는데 다른 사람들은 맨몸으로 첨벙 뛰어들고 물 밑으로 막 들어가기도 하고 신나게 놀더라고요. 다이빙부터 배워볼까요? 다리를 쭉 뻗고 매끄럽게 들어가는 게 쉽진 않지만 아주 신나는 일이잖아요. 맨몸으로 물밑으로 잠수해서 들어가는 기술을 배워두면 아주 유용하고 재미있어요. 구명조끼 없이 유유자적 스노클링을 하다가 물고기를 좇아 물 밑으로 쑥 내려갑니다. 무거운 장비 없이도 1~2분은 쉽게 머물 수 있어요. 어쩌면 저녁때 먹을 성게도 하나 주워올 수 있을지 모릅니다.

수영, 어디까지 해보실래요?

Nike Airmax MOTO 5+

운동화 하나 샀다가
마라토너 된 이야기

체육무능력자로 태어나 땀 한 방울 흘리지 않고 살아왔다, 나이키 운동화를 사기 전까지는. 대학을 졸업하고 사회생활을 할 때에도 취미란 영화 보기, 음악 듣기, 전시회 가기, 사진 찍기, 먹고 마시기 등 정적인 것들뿐, 몸 쓰는 일에는 전혀 취미가 없었다. 몸을 쓰는 놀이는 뭘 해도 졌다. 힘써서 밀고 당기는 놀이를 하면 나랑 편 먹은 팀이 맨날 졌다. 농구도 지고, 발야구도 지고, 팔씨름도 지고. 나는 달리기도 느리고 공도 못 던졌다. 지기만 하는 일이 재미있을 리 없다. 재미없으니 하지 않게 되고, 안 하니까 못하게 되고, 못하니까 또 재미가 없었다. 악순환이었다. 그랬던 소년이 커서 마라토녀가 되다니 대체 무슨 일이 있었던 겁니까.

달리기를 시작하게 된 것은 제안서 때문이었다.

사회초년생 시절, 브랜딩전략 제안서를 쓰던 나는 클라이언트에게 보여줄 좋은 브랜딩 사례를 찾다가 나이키플러스 Nike+를 알게 되었다. 나이키와 애플이 함께 만든 달리기 측정 앱으로, 러닝화 밑창에 진동 측정장치를 넣고 그 신호를 받을 블루투스 동글을 아이팟에 결합하면 보폭에 속도와 주기를 곱해서 달린 거리와 시간을 측정하고 기록해준다. 오오 신기하지 않은가! 안 신기하다고? 15년 전 제품인데? 아이폰이 세상에 없을 때라고요.

이 나이키플러스에는 사람들을 끌어모으는 재미있는 시스템이 있었는데, 이름하여 '챌린지.' 가상의 대회나 팀을 만들어 함께 달리고 경쟁할 수 있는 거였다. 나이키는 이 챌린지를 소재로 광고를 내보냈다. '남자팀이 지고 있네— 너도 어서 참여해.' 이걸 보고는 무릎을 탁, 박수를 짝 쳤는데, 광고 이야기까지 하면 너무 길어지니 생략하고 대충 이 광고를 보면서 나이키플러스를 사고 싶어졌단 사연입니다. 아? 그러니까, 운동무능력자가 나이키플러스를 산다고? 왜? 설마 달리기하려고?

알고 있었다. 달리기가 아니다. 나는 그냥 멋진 광고에 혹했던 것이다. 그날 이후 어딜 가나 나이키플러스 광고가 보였다. 혼자서도 멋진 나이키와 혼자서도 아름다운 애플이 손잡고 함께 재주 부려서 만든 나이키플러스! 광고를 볼 때마다 나는 나를 설득했다. '그래, 사야지. 제안서에 나이키플러스를 인용하면서 네가 직접 해보지도 않고 쓰면 진정성이 없잖아.' 그러면 듣고 있던 내가 반박했다. '진정성은 무슨, 벤츠를 사례로 들려면 벤츠를 사야 진정성이냐? 나이키플러스 사면 뭐 할 건데? 너 운동 싫어하잖아. 사봤자 안 쓸걸?' 하면서 나와 내가 티격태격했다.

그렇게 자그마치 1년이나 싸웠을까, 긴 싸움의 승패를 결정지을 일이 의외의 곳에서 일어났다. 달리기하기 좋은 곳으로 이사를 한 것이다. 이직한 직장 가까이로 이사했더니 거기가 탄천 옆이었다. 천당 아래 분당이라는 그 분당, 분당에는 분당을 분당답게 하는 아름다운 물, 탄천이 흘렀다. 탄천을 따라 꽃들이 만발했고, 꽃밭 사이사이에 자리한 잘 관리된 게이트볼장에서는 어르신들이 느리게 게이트볼을 치며 웃었다. 마침 햇살이 반짝이는 탄천을 따라 달리는 러너들이 보였다. 발 박자에 맞춰 세련된 BGM이 들리는 것 같았다.

저들처럼 달리는 나를 상상했다. 그래, 이제 드디어, 때가 되었구나.

　백화점에 가서 나이키플러스를 사고, 나이키 러닝화를 샀다. 진동 측정장치를 꺼내 러닝화에 넣고, 아이팟에는 블루투스 동글을 꽂았다. 좋아하는 음악을 고르고 이어폰을 귀에 꽂았다. 마음의 준비를 1년이나 했으니 달리러 나가는 건 어렵지 않았다. 시작까지는 좋았다. 몸을 움직여 앞으로 나아가는 기분 좋은 감각, 봄날 탄천의 분위기, 그 안에서 달리는 멋진 나—는 잠깐이었다. 겨우 요만큼 뛰고 숨이 차고 허벅지가 무거워서 걸었다. 걸었더니 숨이 돌아왔지만 자 이제 다시! 달렸더니 또 금방 폐가 터질 것 같았다. 손으로 무릎을 짚은 채 땅을 보며 헉헉거렸다.

　살까 말까 1년을 고민하고, 큰돈을 쓰고, 주말 귀한 시간을 내서 여기까지 나왔는데 이렇게 돌아갈 순 없잖아! 이런 오기로 미련하게 한 시간 동안 뛰다 걷다 뛰다 걷기를 반복하며 고통받았다. 이건 뛰는 것도 아니고 걷는 것도 아니었다.

　다음 날 아침은 더 고통스러웠다. 자고 일어났더니 허벅지, 정강이, 허리, 무릎, 아프지 않은 데가 없어서 침대에서 나오지도 못하고 몸을 동그랗게 만 채 끙끙거렸다. 아 맞다, 나 운동무능력자였지. 깨달음이 너무 늦었다. 그래, 달리기는 나랑 안 맞아. 사람이 갑자기 변하면 안 되는 거야.

언제 그런 일이 있었냐는 듯 운동 없는 평안한 일상으로 돌아왔고, 행복했다. 다음 해—그렇다, 1년 동안 뛰지 않았다—한 번밖에 안 신고 방치된 러닝화를 다시 보기 전까지는. 어느 날 신발장에 러닝화가 보였다.

두 번째 달리기는 그리 어렵지 않았다. 처음처럼 무리해서 한 시간이나 뛰지도 않았다. 그렇게 헉헉대지도 않았다. 대단한 각오 같은 게 없었기 때문일까. 기분 좋게 달리고 집에 와서 기록을 보는데 오, 신기해! 두 번 달린 것의 평균거리와 평균속도가 나오는 게 아닌가! 작년 한 번만 뛰고 끝났다면 영영 몰랐을 일이었다. 두 번을 뛰니 평균이라는 게 생기는구나. 달리기가 작년보다 훨씬 나아졌다는 건 내 멋대로의 착각이 아니었다. 그걸 그래프씩이나 동원해서 보니까 더 근사하게 느껴졌다. 그래프에 점은 비록 두 개뿐이지만. 그렇다면 세 번째 점이 찍히면 어떨까? 오늘보다 잘 뛸지는 모르겠지만 그래도 평균은 올라가겠지? 우상향! 우상향 그래프를 만들고 싶다!

　우상향 그래프를 만들고 싶은 마케터의 마음으로 세 번째 달리기를 한 나는 네 번을 달리고 다섯 번을 달리고, 호기심에 10km 대회에 나가게 되고, 하프마라톤을 하고, 그러다 지리산 서쪽 끝에서 동쪽 끝까지 종주를 하고, 자전거 대회에 나가고, 후지산 정상에 오르고, 마침내는 42km 풀코스 마라톤에 나가게 되는데….

형편없고 부끄러운 달리기였다

'이다음은 마라톤인가.'

달리기 취미 5년 차에 드디어 결심이 섰다. 후지산에 오르고 나리타에서 인천으로 돌아오는 비행기 안에서 갑자기. 기내에 상영되는 호놀룰루 마라톤 광고를 보면서 뭐에 홀린 듯 '그래, 다음은 마라톤이구나' 했다. 계시라도 받은 것 같았다. 집에 도착해서 호놀룰루 마라톤 참가신청을 하고 하와이행 비행기 티켓을 끊었다. 그러자 마라톤을 뛴다는 실감이 나고 가슴이 두근거렸다.

인생 첫 마라톤을 위해 얼마나 준비했던가. 밖에 나가기조차 겁나는 덥고 습한 여름에도, 피곤에 지친 캄캄한 밤에도 얼마나 달렸던가. 경기에서 입을 짧은 반바지와 민소매 티셔츠를 사고, 옷핀으로 배번(참가번호)을 다는 그 순간을 얼마나 꿈꿔왔던가. 오랫동안 준비해온 바로 그 시간이 드디어!

호놀룰루 마라톤은 알라모아나 공원에서 시작한다. 아직 밤 같은 어둠 속의 새벽 4시, 배번을 단 수만 명의 러너들이 상기된 얼굴로 모여든다. 에너지가 가득하다. 눈빛이 반짝반짝한다. 사람들 사이에 서 있기만 해도 흥분된다. 두근두근거린다. 여기저기서 나팔소리가 울린다. 멀리서 안내방송 소리가 들린다. 뭐라 하는지는 잘 모르겠지만.

열대의 섬 하와이도 12월의 새벽은 좀 추웠다. 운동복 반팔 위에 커다란 비닐봉지 같은 걸 덧입은 사람들이 종종 보인다. 세탁소 비닐에 머리 구멍과 팔 구멍을 내서 뒤집어쓴 것 같았다. 재미있는 코스튬 차림도 종종 눈에 띈다. 무지개색 곱슬머리 가발은 평범해 보일 정도. 슈퍼마리오 복장에 모자를 쓴 사람, 슈퍼맨, 스파이더맨 등의 히어로나 닌자, 악어인형, 공룡 옷을 입은 사람, 정장 차림에 서류가방을 든 사람— 와, 이건 예상 못했다. 머리에 물고기 인형을 얹은 사람도 있다. 저래서 달릴 수는 있나 싶은데, 그때 최고의 커플을 발견했다. 자그마치 라틴댄스 복장의 남녀! 강렬한 빨강 드레스를 입은 여자의 손은 남자의 어깨에, 셔츠를 배꼽까지 풀어헤친 남자의 팔은 여자의 허리에. 두 사람은 그렇게 안고 서로를 마주보며 우아하게 빙글빙글 댄스 스텝을 밟으면서 앞으로 나아갔다. 저렇게 42km를 간다고?

추워서 총총 제자리 뜀을 뛰며 사람들을 구경하고 있으니어느덧 출발시간이 되었다. 공원을 울리는 안내 목소리가 점점 높아지더니 '탕―!' 출발 신호가 울렸다. 이어서 폭죽이 올라갔다. 피유우― 펑, 펑. 새까만 새벽하늘에 불꽃이 터지고 사람들의 환성도 터지는 가운데 저 앞쪽 출발선 부근부터 사람들이 우우 움직이기 시작한다. 출발선에서 한참 뒤에 선나는 사람들에 밀려 걷다가, 몇 분 만에 드디어 출발선을 지난다. 사람이 많아서 걷는 듯 뛰는 듯 어정쩡하다. 출발선을힘차게 박차고 나가는, 애초에 상상했던 멋있는 모양은 아니지만 그래도 출발선을 넘는 걸음에는 조금 특별한 느낌이 있었다. '아, 뭔가 진짜 대단한 게 시작됐어!'

응원의 열기가 뜨거웠다. 대단한 선수가 출전한 것도 아닌데 응원하러 나온 사람들이 엄청 많았다. 왜? 이렇게까지?마치 올림픽 중계에서 보던 것처럼 도로 양쪽에 가득가득 서

서 선수들을 한 명 한 명 보면서 박수 치고 나팔 불고 피켓을 흔들며 소리쳐준다. 달리면서 그들과 눈이 마주친다. 눈빛을 보며 힘을 받는다. 그 힘을 받으면 기분만 좋은 게 아니라 진짜 팔다리에 힘이 솟는 느낌이다. 등을 밀어주는 느낌이다. 손으로만 밀어줄 수 있는 게 아니구나, 눈빛으로도 밀어줄 수 있구나. 응원받으면 힘이 난다는 당연한 말이 내 몸으로 느껴지니 새삼스레 신기했다.

달리는 동안 하늘이 서서히 밝아온다. 이제 응원하는 사람들의 표정이 더 잘 보이고 정성스레 써 온 피켓 글씨도 보인다. '여기를 터치하고 파워업!'

달리는 사람들 위로 야자수가 푸른 잎을 쫙쫙 펼치고 있다. 하와이에서 마라톤, 꿈꾸던 그 장면 속을 내가 달리고 있다. 이걸로도 충분하다―는 느낌은 잠시, 10km 지점을 통과

한다. 시계를 보니 1시간 정도 지났다. 나 잘 뛰네? 좋아, 계획대로 되고 있어. 완주하자! 무사 완주까지 가는 거다!

첫 오르막이 시작되었다. 다이아몬드헤드, 호놀룰루 마라톤의 첫 번째 난코스다. 사람들이 눈에 띄게 느려진다. 오르막에 힘겨워하며 겨우겨우 걸음을 떼는 사람들을 제치고 나는 성큼성큼 올라간다. 그동안의 훈련이 나를 강하게 만들었다. 느릿느릿 달리는 할아버지를 제치고, 체중이 제법 나갈 듯한 뒤뚱뒤뚱 금발머리 청년을 제치고, 더워서 헥헥대는 공룡인형을 앞질러 나는 앞으로 나아간다.

비가 부슬부슬 내린다. 도로에 작은 무지개가 뜬다. 무지개라니, 나 무지개를 향해 달리고 있어ー 또 자아도취에 빠진다. 그렇게 곧 20km 지점을 통과한다. 2시간. 이 정도는 뭐 예상했던 대로다. 이렇게만 계속 달리면 4시간 안에 완주도 가능하겠는데? (가능하지 않다.) 욕심이 생긴다. 이제 절반 왔으니 온 만큼만 더 달리면 돼! 나에겐 끈기와 에너지젤리가 있다!

21km 지점을 지나고 6분쯤 더 달리니 22km 안내판이 보였다. 22! 생소한 숫자였다. 하프마라톤까지만 뛰어본, 풀코스 처음 뛰는 나에게 이곳은 처음 와보는 세계. 이제부터는

가보지 못한 길, 미지의 세상으로 들어선다.

30km를 지나면 지치고 힘들다던데. 기름 떨어진 자동차처럼 된다던데. 그렇게 되기 전에 미리미리 틈틈이 에너지젤리 먹으면서 관리해야 한다던데. 허벅지가 무거워져서 더 못 달리면 어쩌지? 참는 건 잘하니까 정신력으로 다 이겨낼 수 있을까?

걱정하는 내가 정작 몰랐던 게 하나 있었다. 마라톤은 관절의 내구성 테스트라는 것. 갤럭시폴드 내구성 테스트와 비슷하다. 마라토너는 42km를 달리는 동안 무릎을 쉬지 않고 규칙적으로 접었다 폈다 한다. 뛰는 한 걸음은 1m쯤이니까 풀코스면 대략 4만 번이 된다. 왼쪽 2만 번, 오른쪽 2만 번. 이래도 안 망가지는지, 고장나지 않고 테스트를 통과할 수 있는지 시험이라도 하듯 2만 번을 접었다 폈다 하는 것이다.

음, 숫자가 너무 크니까, 독자님들은 이 글 읽으면서 팔을 접었다 폈다 200번만 해보자. 왼쪽 오른쪽 동시에. 2분쯤 걸린다. 했다고? 그럼 이걸 한 세트로 해서 99세트 더! 이게 4만 번이다. 처마에서 떨어지는 빗방울이 바위를 뚫듯이, 옷자락이 쓸리는 사소한 불편함도 4만 번 반복되면 피부가 벗겨지고 피가 난다. 그러니까 마라톤 풀코스는 힘이 있고 없고 정신력이 있고 없고의 문제가 아니었다. 무릎이나 발목 발가락 어디 한 군데 고장나면 힘이 남아돌아도 달릴 수 없게 되어버리는 것이다.

30km를 지나자 슬슬 무릎에서 신호가 왔다. 처음엔 조금 신경쓰이는 정도였던 것이, 반복해서 충격을 받으며 서서히 고통으로 변했다. 잠시 길옆으로 나와 멈췄다. 멈춰서 다리를 풀었다. 발가락부터 발목 무릎 고관절까지 불안한 마음으로 스트레칭을 했다. 사람들이 내 앞을 달려 지나갔다. 추월당하는 마음이 불편해서 오래는 못 쉬고 다시 달렸다. 잠시는 괜찮은 것 같기도 했는데 금방 또 아프다. 멈춰서 스트레칭. 조금 달리다 또 멈춰서 스트레칭. 고통스럽기도 하고 무섭기도 했다. 34km쯤 되는 지점이었다. 점프가 전혀 되지 않았다. 1mm도 안 됐다. 할 수 있는 거라곤 겨우겨우 걷는

것뿐. 뛰려는 마음과 뛰어지지 않는 몸, 그 괴리만큼 마음이 힘들었다. 둘 사이가 찢어져 분리될 것 같았다. 마음은 타는데 몸은 식어갔다. 어쨌든 꾸역꾸역 앞으로는 가야지, 시작했으니 끝은 내야지 하며 다리를 끌며 걸었다. 마음과는 다르게 걷고 있는 몸에는 호흡도 고르게 돌아왔다. 남은 거리는 8km. 이렇게 걸으면 2시간은 걸릴 텐데….

포기하지 마! 힘내! 달려! 응원해주는 사람들과 눈이 마주친다. 그 눈동자는 선의와 진심으로 가득하다. 지친 듯 걷고 있는 마라토너에게 힘을 준다. 마음의 손을 내밀어 내 등을 밀어준다. 진심으로 고맙기도 하고 또 미안하기도 해서 웃었다. 마음은 웃는데 표정은 좀 울상이었을 것이다. 아니, 모르겠다. 나는 어떤 표정을 지었던 걸까. '아저씨, 고맙습니다. 근데 제가 힘이 없는 게 아니고요, 무릎을 다쳐서 뛸수가 없는 거거든요.' 설명하기도 전에 다음 사람이, 또 그다음 사람이 내 눈을 보며 진심어린 응원을 해줄 것이다. 그럼난 또 '지쳐서가 아니고요, 여러분들 고마운데, 진심에 찬응원을 받아도 제가 할 수 있는 게 없어요. 힘은 저도 남아돌고요. 전 괜찮으니 이 응원 다른 사람 주세요. 저는 땀 한 방울도 안 나요. 주신 이 힘 받아서 그다음에 어떻게 할 게 없어요.' 힘낼 수 없는데 힘을 받는 것은 안 받는 것보다 더 힘든 일이었다.

1시간 전에 내가 앞질렀던 (아마도) 일본인 할아버지가 내 앞으로 나아간다. 2시간 전에 앞질렀던 뒤뚱뒤뚱 무거운 청년들이 다시 나를 앞지른다. 아는 뒷모습이다. 그 뒷모습을 보면서 나는 걷는 것 말고 할 수 있는 게 없었다. 내가 어떻게 이 사람들보다도 느릴 수 있지? 나는 훨씬 젊잖아, 연습도 많이 했어. 이럴 수가 없는데. 이럴 수는 없다고.

뛰는 사람들은 걷는 나를 앞지른다. 응원 세례를 받으며 걷는 이 고통이 끝나지 않을 것 같았다. 따가운 응원 속에 그렇게 2시간을 걸었다.

피니시라인. 그곳에 아내가 기다리고 있었다, 몇 시간째. 호놀룰루 마라톤은 10km 지점을 통과할 때마다 웹사이트로 기록이 전송되는데, 사람들은 그걸 보고 내 남편이 아내가 친구가 자녀가 어떻게 뛰고 있는지 대략 알 수 있다. 아내도 그 기록을 보고 있었다. '10km 통과에 1시간, 20km에 2시간, 30km는 3시간 좀 넘었으니 피니시라인엔 4시간 15분쯤이면 들어오겠네?' 출발한 지 4시간 즈음부터 아내는 피니시라인 옆으로 나와 나를 기다린다. 들어오는 얼굴을 하나하나 본다. 나를 찾는다. 혹시나 놓칠까 봐 잠시도 딴청을 피울 수 없다. 기껏 기다리다가 잠깐 안 보는 틈에 놓쳐서 못 만나면 안 되니까. 시계를 본다. 피니시라인을 본다. 4시간 30분이 지나고 40분이 지나도 남편은 오지 않는다. 10분이 1시간처럼 길다. 50분이 지나도 남편 같은 얼굴을 찾을 수 없다. 이상하다. 중간에 쓰러진 거 아냐? 병원으로 갔으면 연락이 올 텐데, 연락도 못 할 만큼 정신을 잃은 건 아니겠지? 남편은 지금 전화기도 없는데. 병원에서 연락 오면 받을 수 있나? 영어도 잘 못하는데. 나쁜 상상은 멈추지 않는데 아내는 자리를 뜰 수가 없다. 그렇게 들어오는 사람들을 계속 살피고 찾는 얼굴이 아님을 매 순간 확인하며 몇 시간처럼 느껴지는 기다림을 견딘 끝에 드디어 멀리서부터 남편처럼 보이는 사람이 절뚝이며 걸어오는 걸 본다. 남편이 맞다. 바싹 쪼그라들었던 마음이 탁 풀린다.

아내가 나를 보고 달려왔다. 거의 울기 직전이었다. 서로의 눈이 마주친 순간 긴말하지 않아도 무슨 마음인지 우리는 다 알 것 같았다. 와락 서로를 안았다. 2시간 동안 하지 못한 말, 쌓였던 감정들이 한꺼번에 왈칵 터져 나왔다. 아마도 엉엉 울었던 것 같다.

숙소로 돌아와서 따뜻한 물로 긴 시간 샤워를 하고 일찍 누웠다. 오랫동안 자고 일어났다. 다음 날이 되어도 무릎은 아프고 마음은 괴로웠다. 더 답답했던 건 이 괴로움의 실체가 뭔지 모르겠다는 거였다. 이 꽉 막힌 듯한 가슴은 뭐지? 완주했는데 뿌듯하지가 않네. 얼마나 준비했는데, 그 시간들은 다 뭐였지? 내가 지다니, 어디서부터 잘못된 걸까. 느릿느릿 할아버지와 뒤뚱뒤뚱 청년들의 뒷모습이 떠올랐다.

어쩌면 사실 그들은 마라톤이 처음인 나보다 훨씬 오래전부터 성실하게 연습해왔고, 그중 꽤 많은 사람들은 몇 번의 실패 경험도 있었을지 모른다. 그런 그들의 시간을 보지 못하고 당연히 내가 더 잘해야 한다고 오만을 떨었던 건 아닐까. 아니, 사실은 이런 생각부터 이미 틀려먹었다. 애초에 마라톤이란 누군가를 이겨야 하는 경쟁경기가 아닌데 나 혼자 그들을 경쟁상대로 삼고 있었던 거다. 어디서부터 얼마나 잘못된 거냐, 나란 놈은.

나는 이제 겨우 출발선에 섰을 뿐이다. 고작 한 번 시도했고 한 번 쓴맛을 보았을 뿐이다. '마라톤을 얕보고 오만하게 덤볐다가 실패했답니다' 하는 걸로 나의 마라톤 이야기를 끝낼 수는 없었다.

  한국에 돌아와서도 무릎이 아파 한동안 절뚝거렸다. 몸이 아픈 동안 마음도 내내 찜찜했다. 첫 마라톤의 실패를 바로 잡고 싶었다. 이렇게 실패로 끝나기는 싫어서 운동을 다시 시작했다. 서서히 무릎이 회복되고 있었다. 장경인대염을 공부했다. 무릎이 다치지 않으려면 허벅지와 종아리 근육이 탄탄하게 받쳐줘야 한다는 걸 알게 되었다. 스쿼트를 매일 100개씩 했다. 마라톤에 도전하는 사람들을 위한 훈련법을 찾아 공부했다. 어느 날은 빠르게, 어느 날은 천천히 길게 꾸준히

성실하게 달리는 거리를 쌓았다. 그러면서 첫 마라톤 준비는 정말 턱없이 부족했다는 것도 알게 되었다. 부끄러웠다.

그렇게 차곡차곡 2년을 준비한 후 2016년 포틀랜드 마라톤에 다시 도전했다. 새벽의 어둠 속에서 출발하는 건 호놀룰루 때와 같았지만 마음가짐은 완전히 달랐다. 준비까지 최선을 다하고 대회날은 겸손하게 달린다. 오늘은 내 몸이 완주를 허락하기를. 응원하는 사람들의 미소와 눈빛을 보며 에너지를 받는다. 감사하다. 이 감사한 마음은 익숙해지지 않는다. 조마조마하며 30km를 지난다. 기계적으로 몸을 움직인다. 40km를 지난다. 멀리 피니시라인이 보인다. 마지막 1km는 발가락이 구겨지는 듯 고통스러웠지만 피니시라인을 통과할 땐 활짝 웃었다.

Nike Pegasus

달리기를 해보자는
마음이 든다면

처음 달리는 분들이 궁금해하는, 모르면 어려움을 겪을 만한 이야기들을 간단히 적었습니다. 조금이나마 도움이 되면 좋겠네요.

1. 러닝화, 러닝벨트

러닝을 할 때는 반드시 러닝용으로 나온 러닝화를 신습니다. 집에 있는 운동화 중에 가장 편한 거? 안 됩니다. 평소 좋아하던 브랜드를 찍고, 러닝화를 추천해줄 크루가 있는 큰 매장에 가서 가벼운 조깅용으로 권해주는 것 중에 본인 보기에 예쁜 것으로 고르면 됩니다. 그래도 잘 모르겠다면 나이키

페가수스.

사이즈는 달릴 때 흔들려도 엄지발톱이 앞코에 닿지 않아야 해요. 발톱이 닿은 채 몇 킬로미터를 달리면 발톱이 빠질 듯 아프거든요.

또 하나, 러닝화만큼 중요한 러닝벨트. 스마트폰을 손에 들고 뛰면 자기도 모르게 손과 팔에 힘이 들어가서 오래 달리면 아프고, 주머니에 넣으면 뛰는 걸음마다 흔들려서 불안하고 자세를 해칩니다. 휴대폰을 두고 뛸 게 아니라면 허리에 착 붙여서 맬 수 있는 러닝벨트를 하는 게 좋습니다.

2. 운동복

땀을 빠르게 말려주는 기능성 소재로 된 옷이 좋습니다. 순면은 편해 보이지만 땀을 흘리면 잘 마르지 않고 더워지고 무거워집니다.

여름 : 열을 빨리 식힐 수 있도록 바람이 잘 통하거나 땀이 잘 마르는 옷. 얼굴에 햇볕을 가려줄 챙 넓은 모자. 땀을 잘 말리고 통풍이 잘되어 시원하도록 구멍이 있는 것도 좋고 선바이저도 좋습니다.

겨울 : 두꺼운 옷보다는 얇은 옷을 여러 벌 입는 것이 기본입니다. (긴팔티, 방한조끼, 방풍재킷, 긴바지 혹은 기모레깅스,

때에 따라 방한마스크.) 달리기 시작할 때는 추운데, 달릴수록 더워집니다. 땀이 많이 나지 않게 재킷과 조끼의 지퍼를 내렸다 올렸다 조절합니다. 달리기를 멈추면 땀이 증발하면서 체온을 빠르게 빼앗아갑니다. 감기에 걸리죠. 겨울에는 달리기가 끝나면 신속하게 따뜻한 실내로 들어가야 합니다. 손과 귀가 특히 춥습니다. 장갑, 귀 덮는 비니 또는 헤드밴드를 꼭 해주세요.

3. 달릴 곳

좋은 곳 : 풍경이 계속 바뀌면 지루하지 않고 재미있습니다. 집에서 가까운 곳이라면 자주 나갈 수 있고요. 서울이라면 한강공원, 서울숲, 보라매공원, 올림픽공원, 월드컵공원, 남산, 석촌호수, 청계천, 양재천, 탄천, 중랑천, 성북천 등이 좋습니다.

나쁜 곳 : 차가 튀어나오는 골목은 금지, 너무 경사져도 달리기 어렵습니다. 인적 없고 어두운 곳을 피해 안전을 확보하세요.

4. 음악

풍경이 계속 바뀌는 코스가 즐거움을 주듯이, 음악도 즐거움을 줍니다. 다만 노이즈캔슬링 이어폰을 사용하거나 큰소리로 듣는 것은 아주 위험합니다. 자동차, 자전거 등과 충돌할 위험이 커져요. 현장의 소리가 충분히 잘 들리도록 볼륨을 작게 유지해야 합니다.

비트 있는 신나는 음악만 좋다고 생각했는데 꼭 그렇지만은 않습니다. 좋아하는 음악, 기분 좋은 음악이면 뭐든 관계없습니다. 피아노나 왈츠도 뜻밖에 좋아요. 팟캐스트나 라디오도 좋습니다. 하지만 음악보다 더 좋은 건 자신의 숨소리, 발소리입니다. 자신에게 귀 기울이는 걸 즐길 수 있다면 가장 좋습니다.

5. 측정

즐겁게 달리기 위해서는 자신의 페이스를 아는 게 가장 중요합니다. 처음엔 단위도 숫자도 낯설 테지만 차차 익숙해집니다. 일단은 기록만 해두세요. 달린 것이 기록되어 남으면 뿌듯하고 재미도 있습니다.

단위는 1km를 달리는 데 몇 분이 걸리는지(min/km)인데 숫자가 작을수록 빠르고 클수록 느린 겁니다. 초보의 달리기는 7~9min/km 정도 나올 겁니다.

추천 앱 : NRC, 런데이, 스트라바

6. 식사와 달리기

식후 달리기는 여러모로 거북하고 무리가 됩니다. 달리면서 위가 출렁거리고 배가 아플 수도 있어요. 가볍게 먹고 달린 다음에 제대로 먹거나, 식후 2~3시간 이상 있다가 달리러 가는 것이 좋습니다.

7. 몸 풀기

귀찮더라도 달리기 전에 준비운동을 하면 훨씬 좋습니다. 숨이 트이고 몸이 가벼워져요. 준비운동 없이 달리면 몸이 무겁고 힘들 때가 많습니다. 준비운동은 몸을 따뜻하게 덥힐 수 있는 종류로 해줍니다. 이제부터 사냥하러 갈 테니 사냥 모드로 바꾸라는 신호를 몸에 주는 겁니다. 따로 준비운동을 하고 싶지 않다면, 준비운동 삼아 1km 정도 천천히 가볍게 달려줍니다. 빡빡하던 몸이 더워지면서 서서히 풀어져요. 저도 천천히 달리기로 준비운동을 대신합니다.

8. 페이스 조절

비기너가 흔히 만나는 최악의 적은 오버페이스입니다. 처음 달리는 사람 대부분은 자기 페이스보다 빨리 달려요. 여태껏 보아온 달리기가 빠르고 역동적인 것이기 때문이죠. 그래서 냅다 뛰다가 걷고, 다시 뛰다 걷기를 반복합니다. 첫 500m쯤 뛰고 나면 숨이 턱에 닿고 더이상 못 뛸 것 같은 상태가 되어버리죠. 무릎을 짚고 숨을 헉헉 고르게 됩니다.

오버페이스를 막으려면 첫 1km는 천천히 달려주세요. 옆 사람과 대화를 나눌 수 있을 만큼 천천히. 의욕이 넘치고 힘도 넘칠 테지만, 의욕대로 힘 나는 대로 달리면 금방 지쳐서 걷게 됩니다. 천천히 달려서 1km를 넘어가도 힘이 남는다면 조금씩 더 빠르게 달려봐도 됩니다. 더 빨리는 못 달릴 것 같지만, 그렇다고 느려지지도 않는 균형점이 있습니다. 그게 당신의 페이스예요.

달리기가 끝난 후 기록을 보면서 자신의 페이스를 파악합니다. 비기너일 때는 목표속도까지 자신을 몰아붙이기보다는, 기분 좋게 뛰고 나서 나중에 속도를 찾는 것을 추천합니다. (12에서 계속)

9. 자세와 호흡

단거리 달리기처럼 앞으로 과하게 숙이지 않습니다. 가슴을 쫙 펴야 호흡이 좋아집니다. 가슴을 쫙 펴고 허리를 세우고 앞으로 살짝만 기울어져 있다는 느낌으로 달립니다. 몸을 앞으로 기울이면 빨라지고 꼿꼿이 세우면 느려집니다. 초심자의 오버페이스를 피하려면 몸을 세운다는 느낌으로 뛰는 게 좋습니다. 팔을 가볍게 흔들면 몸이 더 가벼워집니다.

무엇보다 호흡이 중요합니다. 헉헉거리면 길게 뛸 수 없습니다. 호흡을 100% 다 하지 말고 80% 정도만 쓴다는 느낌으로, 안정적으로 고요하게 길게 들이쉬고 길게 내쉽니다. '습습후후'를 배운 분들도 있으실 텐데, 발박자와 맞을 필요는 없습니다. 그러니 습습후후에 연연하지 마세요. 습습후후의 핵심은 '습후습후'가 아니라는 것, 즉 빠른 호흡이 아니라 길게, 두 배로 길고 고요하게 마시고 두 배로 길게 내쉬는 느낌. 이것만 알면 됩니다.

그리고 달릴 때 발을 쿵쿵거리지 않도록 합니다. 고양이가 뛰는 것처럼 가볍게 뛰면서 소리를 죽여보세요. 자연스럽게 충격을 덜 받는 달리기가 됩니다. 사실 문제는 소리가 아니라 충격입니다. 수십 분 동안 수천 번 쿵쿵대면 발목, 무릎, 허리가 충격을 제법 받습니다. 이쪽이 약하신 분들은 몇 번 달리고 나서 부상이 생겨서 달리기를 지속하지 못하게 되기도 합니다.

기억하세요. 가슴을 쫙 펴고, 호흡은 천천히 길게, 발은 쿵쿵거리지 않도록.

10. 적정거리

첫 달리기는 2~3km 정도로. 아마도 더 달릴 수 있을 테지만 그러면 다음 날 아플 거예요. 아프면 '달리기는 나랑 안 맞나 보다' 하고 안 하게 됩니다. 달리러 나가기 싫어집니다. 첫 달리기는 가볍고 즐거운 경험으로 만드는 게 좋습니다. 첫 달리기가 가벼웠다면 다음엔 3km, 그다음엔 4km로 서서히 거리를 늘려갑니다.

운동 효과가 있으려면 30분 이상은 뛰는 것이 좋습니다. 러닝을 취미로 하는 사람들은 한 번 나가면 보통 5~9km 정도 달리는 경우가 많습니다.

11. 달리기 후 물 마시기

러닝 직전 그리고 직후에 체중을 재보면 수백 그램씩 훅 줄어든 걸 확인할 수 있습니다. 다이어트 효과 놀랍죠? 아니에요, 살이 빠진 게 아닙니다. 대부분 땀으로 날아간 수분입니다. 달린 후에는 물을 마셔서 빠진 수분을 보충해줍니다. 순환이 잘되어야 건강한 거 아시죠? 순환은 물입니다. 물을 마셔서 원래 체중으로 돌아오는 것까지가 달리기입니다.

12. 기록 보면서 페이스 찾기

달리기 기록이 여러 번 쌓이면 페이스를 알게 됩니다. 너무 힘들었던 달리기 말고, 너무 여유로웠던 달리기 말고, 꽤 몰아붙여 달렸는데 기분 좋고 에너지 넘쳤던 달리기. 지쳐 떨어지지 않고 즐겁게 뛸 수 있는 가장 빠른 속도를 알게 됩니다. 그것이 자신의 조깅 페이스입니다.

달리기가 끝나고도 힘이 넘친다면 다음엔 좀 더 빠르게, 달리기가 끝났을 때 목에서 피맛이 나고 다리가 풀리고 주저앉고 싶다면 다음엔 좀 더 여유 있게 조절하면서 자신의 페이스를 찾아갑니다.

페이스가 남보다 느리다고 상심할 필요는 전혀 없습니다. 얼굴 생김새나 지문처럼 사람마다 다른 것뿐입니다. 오직 나, 내 몸만 보세요. 누군가를 이기고 전국체전에 나가는 게 우리 목표가 아니니까요. 나의 페이스를 알고 지키는 것, 그날그날 내 몸의 컨디션에 맞추어 페이스를 조절하는 것이 가장 중요합니다.

13. 중독과 부상

자기 페이스를 찾아 땀 흘리며 잘 달리고 나면 러닝의 쾌감을 느낄 수 있습니다. 자칫 중독되기 쉬워요. 그래서 매일매일 달리고, 그러다가 자기 몸이 감당하지 못하는 달리기를 하게 됩니다. 몸은 서서히 적응하고 좋아지는데, 몸이 적응하는 속도보다 빠르게 거리를 늘리면 부상이 오는 거죠. 시작하는 러너라면 한 달 30km부터, 다음 달은 40km, 그다음 달은 50km 이렇게 서서히 달리기를 늘리도록 합니다.

14. 함께

인스타그램에서—혹은 평소에 자주 보는 SNS나 다른 어떤 것에서—달리기 인증샷을 자주 올리는 사람을 팔로우합니다. (나인가?) 사람은 주변 사람들의 분위기에 영향을 받습니다. 달리기하는 친구들을 주변에 둡니다. 달리는 모임에 참여합니다. 직접 만나 어울리는 게 부담스럽다면 온라인으로만 만나는 모임도 있습니다.

15. 최고의 동기는 즐거움

참으면서 오랫동안 지속할 수 있는 일은 없습니다. 달리기를 꾸준히 하기 위해 필요한 것은 인내와 강한 의지 같은 것

이 아닙니다. 달리면서 즐거운가가 가장 중요해요. 즐겁다면 의지 같은 것 없어도 나가고 싶고, 비가 내리면 아쉽고, 남이 뜯어말려도 계속하게 됩니다.

달리기는 즐거운 행위입니다. 달리면 쾌감 호르몬이 뿜어져 나와요. 적당한 속도로 달린다면 즐거울 확률은 100%에 가깝습니다. 즐거울 만큼 달리면 다음에 또 나가고 싶어집니다. 괴로움을 견디고 달리면 다음에 나가기 싫어집니다. 꾸준히 계속하는 힘은 즐거움입니다. 즐거울 만큼 달려주세요.

달리는 즐거움이 당신과 함께하기를.

Dancing Shoes, Climbing Shoes, Aqua Shoes

의지력으로 해야 할 것은

'요즘 인성 님이 달리기 이야기하는 거 들으며 호기심이 생기기도 했고, 인스타에서도 종종 보이고, 간단히 시작할 수 있을 것도 같고 해서, 저도 달리기 한번 해보려고요.'

달리기가 아니라도 좋아하는 운동을 하나쯤 찾으면 좋다. '운동을 해야 하는 건 알겠는데…' 굳게 결심하고 필라테스든 요가든 달리기든 하기 싫고 힘들어도 의지력을 발휘해서 하다가 얼마 못 가 그만두는 경우를 본다. 인간의 의지력은 약한 힘이다. 독자님의 의지력이 유독 약한 게 아니라 원래 인간류의 의지력은 약하다. 싫어도 견뎌내는 의지력 말고 하고 싶은 힘, 즐거워하는 힘, 좋아하는 힘을 써야 한다.

좋아하는 운동을 발견해야 한다. 음악을 좋아하는 사람이라고 모든 장르의 노래를 다 좋아하지 않고, 특정 장르를 좋아한다고 해서 그 장르의 모든 노래를 좋아하지는 않는다. 운동도 마찬가지. 사람마다 재미있다고 느끼는 운동이 있고 아닌 운동이 있다. 나는 달리기를 좋아하지만 모두가 달리기를 좋아하지는 않을 것이다. 달리기가 싫다고 해서 모든 운동이 싫지는 않을 것이다. 다른 어떤 운동은 잘 맞을 수 있다. 운동을 해보지 않은 사람일수록 어떤 운동이 자기에게 즐거움을 주는지 알기 어렵다. 뭔가 하나 해보고 '운동은 역시 나랑 안 맞네' 한다면 참 아쉬운 일이다. 동적인 운동이 안 맞으면 정적인 운동이 맞을 수도 있고, 경쟁형 운동이 안 맞으면 수련형 운동이 맞을 수도 있다. 운동해보려는 사람이 의지력을 가지고 꾸준히 해야 할 게 하나 있다면 그건 재미있는 운동을 발견할 때까지 여러 종목에 도전하는 것이다, 재미없는 운동을 견디는 게 아니라.

좋아하는 음식—저로 말하자면, 후라이드치킨입니다—을 먹기 위해 의지력 같은 건 필요 없듯이, 좋아하는 운동을 계속하는 데 의지력 같은 건 필요 없다. 비가 와도 나가고 싶고, 그러다 다쳐도 무리해서 계속하고 싶어지는 것이다. 참 곤란한 일이 아닐 수 없다. 나는 서른 살 넘어서 러닝으로 처음 운동을 시작했는데, 달리기가 재밌어지고 나서는 매일매일 쉬지 않고 너무 많이 뛰어버려서 정강이뼈에 미세한 금이 가고 한동안 달리기를 쉬어야 할 정도였다.

그 후로 몸을 움직이고 땀 내가며 즐기는 다른 놀이도 해보고 싶어졌다. 등산, 캠핑, 사이클, 수영, 서핑, 웨이트트레이닝, 크로스핏, 배드민턴, 스노보드, 요가, 골프, 스포츠 클라이밍, 스윙댄스 등을 해보았다. 몇 번 해보고 그만둔 것들도 있고, 재밌어서 계속하는 것들도 있다. 그중에서도 크로스핏은 중독성이 최고였다. 유산소와 웨이트를 결합해서 짧은 시간에 몸 안의 온 힘을 다 쏟아내고는 바닥에 쓰러지며 끝나곤 했는데, 그 고통 섞인 쾌감이 너무 중독적인 나머지 매일 퇴근하면 크로스핏을 하러 갔다. 아, 마약이 이런 거라면 끊기가 쉽지 않겠구나. 결국 체육관이 영업을 종료하면서야 그만둘 수 있었다.

그렇지만 좋아하는 운동을 만날 때까지 도전하는 게 말처럼 쉽지 않다. 새로운 운동에 입문하는 데는 대체로 안내자가 필요하다. 어디서부터 어떻게 시작해야 할지 막막하니까.

그래서 안내자 역할을 해주는 친구는 소중하다. 친구가 하는 운동을 따라 해보자. 친구도 좋아할 것이다. 같이 운동할 동료가 생겨서. 생각해보면 나도 새로운 운동을 해볼 땐 지인이 하는 걸 따라 해보는 경우가 많았다. 꼭 친구가 아니라도 요즘엔 SNS나 유튜브가 안내자가 되어주기도 한다.

그리고 초보인 나를 기꺼이 견뎌야 한다. 처음 요가를 하러 가면 다들 유연하고 균형 있게 몸을 움직이는데 나 혼자 다음 동작을 따라가느라 급급하고, 동작 하나도 제대로 못하는 스스로를 참아내야 했다. 수영을 처음 배울 때 손으로 벽을 잡고 발로 물장구를 치는 나는 참 멋이 없다. 스윙댄스를 배울 땐 내가 제대로 못하면 파트너에게도 영향이 미쳐서 두 배로 견디기 힘들었다. 결국 스윙댄스는 초보를 넘지 못하고 그만두고 말았다. 스포츠 클라이밍도 몇 번 해보고 그만두었다. 이건 분명 재미있을 것 같았는데, 막상 해보니 나에겐 잘 안 맞았다.

아내는 요즘 뜬금없이 풋살을 시작했는데, 갔다 오면 그때마다 '너무 재밌어, 너무 재밌어! 자기도 같이 하면 좋을 텐데' 한다. 물론 재미있을 것 같긴 한데, 뭘 또 새로 벌이기엔 지금 하는 것만으로도 시간이 없네.

옥인연립

주거의 취향

이사를 좋아한다. (그럴 리가.) 더 나은 집에 살고 싶은 욕심
이 있다. 더 쾌적하고 아름다운 생활을 위해 이사의 번거로
움을 감내한다.

우리 부부가 결혼한 이유도 좀 더 나은 집에서 같이 살기
위해서였다. 대구에 살던 아내는 서울 사는 나와 연애를 시
작하자마자 서울로 왔다. 합정동에 월세로 작은 자취방을 얻
었다. 그리고 몇 달 되지 않아 아내는 이사하고 싶은 집을 발
견했다. 근처에 새로 지은 주거용 오피스텔 분양이 시작됐는
데 이게 너무 괜찮아 보이는 거였다. 작은 평수지만 혼자서

감당하기엔 월세가 비쌌고, 나와 같이 내면 가능한 수준이었다. 그럼 같이 살게 되는 건데, 같이 살려면… 결혼인가? 요즘 같으면 '동거하면 되지'라는 생각이 들었을 수도 있는데 당시(2005년)에는 사회가 좀 더 보수적이었다. 양가 부모님께 '우리 결혼은 안 했는데 같이 살려고요' 하면 화내고 찾아와서 혼내고 뜯어말릴 것 같았다. 동거한다고 말할 용기는 없고, 새 집에 같이 살고는 싶고, 그래서 결혼을 선택했다. 월세 계약을 하고 양가 부모님께 인사를 드리고 결혼 날짜를 잡았다. 예식까지는 반 년도 걸리지 않았다. 그 후로 우리는 열두 번의 이사를 하게 된다.

18년 동안 열두 번이니 평균 1.5년마다 이사를 한 셈인데, 그 와중에 유일하게 오래 살았던 집이 있다. 서울 종로구 서촌 옥인동의 끝 인왕산 자락에 닿아 있는 오래된 연립주택, 옥인연립이다. 여기서 우리는 6년을 살았다. 산밑 가파른 오르막을 헉헉거리고 올라야 겨우 만날 수 있는 18평짜리 아주 작고 오래된 집이었지만 우린 이 집이 좋았다. 그동안 30평짜리 신축 아파트에도 살아보고, 천장 높고 창이 큰 복층 오피스텔에도 살아보고, 신촌 홍대 한복판에도 살아보았지만 그동안 살았던 어떤 집과도 비교할 수 없이 좋았다.

결혼 8년 차였던 우리가 모아둔 돈은 1억 원 정도. 월세 보증금이나 겨우 되는 수준이었고, 추가로 대출을 받아도 작은 아파트 하나 살 수 없었다. 살던 집의 월세 계약기간 만료는 다가오는데, 그때 서촌을 알게 되었다. 시간이 멈춘 듯 고즈넉한 동네였다. 좁은 골목에 오래된 낮은 집들이 가득했는데, 청와대와 가까워 개발제한도 많고 학교도 없어서 투자로는 형편없다고 했다. 그럼 집값이 괜찮겠는데? 부동산에 알아보니 우리가 가진 돈에 대출을 최대한 받으면 겨우겨우 오래된 작은 연립주택을 살 수 있었다. 남들은 다 뜯어말리는, 대중교통과 먼, 학군 없는, 개발 호재 없는, 지은 지 오래된, 언덕 꼭대기의, 맨 위층이라 여름에 더운, 아파트도 아닌 연립주택이었지만 우리 눈에는 마치 8학군 신축 아파트처럼 보였다. 언덕 꼭대기에 있는 덕분에 앞으로는 탁 트인 뷰가, 뒤로는 푸른 숲이 있었다. 조금만 걸으면 인왕산과 바로 연결되고, 아기자기한 동네 가게들도 좋았다. 작은 집 꼭대기 층인 덕분에 뜻하는 대로 구조를 바꾸기도 쉬웠다. 어른들에게 물어보면 그거 하지 마— 하고 말리실 게 뻔했다. 투자로는 매력이 없는 집이라, 그래서 이렇게 매력적인 집이 아직 남아 있었다. 나이스! "저희가 이거 할게요." 우리 인생의 첫 자가自家는 그렇게 시작되었다.

마음고생했던 지난 날들이 빠르게 눈앞을 스쳐 지나갔다. 계약기간이 끝나갈 때마다 형편에 맞는 월세집을 보러 다니고, 창밖으로 펼쳐진 까마득히 많은 아파트들을 보며 '저 많은 집들 중에 왜 우리 집 하나가 없나' 생각했던 날들. '고양이 있으면 안 돼요' 하고 퇴짜를 맞으며, 언제까지 집주인 눈치를 살펴야 하는 걸까 속상했던 날들.

계약을 마치고 동네 누하우동에서 시원한 국물의 우동을 먹으며 술을 한잔했다. 기분이 좋았다. 이제 우리도 집이 있다. 우리 집이 있는 우리 동네 우동집인 거였다. 작지만 내 집 한 칸이 있다는 게 세상을 다 가진 것 같았다.

"방문 닫아도 냥이들은 왔다 갔다 할 수 있도록 문 아래에 작게 고양이 문을 뚫어줄까?"

"좋다좋다. 고양이들이 나가서 바람 쐴 수 있는 고양이 베란다도 만들어줄까?"

우리 소유의 집이란 건 상상보다 훨씬 멋진 일이었다. 세들어 살던 집에는 못 하나도 못 박았었는데 이제 우리는 벽을 부술 수도 있다. 거실이 컸으면 좋겠어. 침실은 클 필요 없어. 오케이, 안방과 거실을 나누는 벽을 허물고 두 공간을

합쳐 큰 거실을 만들었다. 거실 창으로 서촌 너머 멀리 광화
문이 내려다보였다. 낡은 창틀을 뜯고 문도 천장도 다 뜯어
냈다. 천장을 뜯어낸 자리엔 높은 삼각지붕이 있었다. 모양
을 살려 박공 지붕을 만들고 벽에는 스피커를 매달았다. 제
역할을 못하고 있는 베란다에는 히노끼 욕조를 만들어 넣었
다. 손에 닿을 듯한 인왕산 숲을 보며 반신욕을 할 수 있다.
우리가 살고 싶은 삶과 닮은 집이었다. 무엇 하나 마음에 들
지 않는 것이 없었다. 번쩍번쩍한 인조대리석이 붙어 있다

거나, 붉은색 체리목 문틀이 거슬린다거나, 어디에 쓸데없이 장식적인 무늬가 있다거나 하는 게 하나도 없었다. 마루도 직접 고르고 방문 손잡이도 천장에 매달린 펜던트 조명도 수도꼭지도 바닥 타일도 전기스위치도 당연하지만 하나하나 직접 골랐다. 취향의 물건들로 집을 구성하는 일은 신축 아파트로도 할 수 없는 경험이었다.

집은 우리와 살면서 함께 나이 들었다. 소파의 자리가 계절마다 바뀌고, 거실에 작은 책상이 들어오고, 옷장이 차서 거실에 옷장을 더 짜서 넣었다. 침실에 만들어두었던 책장이 꽉 차서 책장을 확장했다. 거실 창을 더 넓히고 싶어서 또 공사를 했다. 어느덧 소파에 천이 해지고 가구에 스크래치가 생겼다.

이 집에서 우리는 아카시아가 피면 아카시아 향을 맡고, 서촌의 작고 따뜻한 가게들에서 먹고 마셨다. 동네 사람들과 벗하며 이야기를 나누었다. 새로운 회사에 출근해 동료들과 신나게 일하고, 《마케터의 일》을 쓰고, 호놀룰루, 포틀랜드, 시카고 마라톤을 완주하고, 발리에 서핑을 배우러 다녔다. 나답고 우리답게 살았던 시절이었다.

　그 집에서 우리는 여섯 번의 봄을 보냈고, 일곱 번째 봄을 보내고 나서 이사를 나왔다. 살면서 살림이 많아지는 걸 막지 못한 우리는 좀 더 넓은 집이 필요했다. 넓은 집을 구하려면 집을 살 수는 없었다. 월세로 빌려서 사는 집은 우리 마음대로 고치기 어려웠다. 고칠 수 없는 집이 나다운 집이 되려면 어떻게 해야 할까. 이별을 통해 사랑을 배우는 것처럼, 이사를 반복하면서 나다운 집을 알게 된다. TV가 없는 탁 트인 거실, 작은 침실, 볕이 잘 드는 밝은 집. 단정한 공간에 뽐

내지 않는 가구. 일하는 공간 따로. 식탁은 집에서 가장 좋은 곳에. 창 밖에는 바람에 흔들리는 푸른 나무가 가득하면 좋겠다. 비싼 아파트의 한강뷰도 좋지만 그래도 역시 나는 옥인연립의 나무뷰가 더 좋다. 지금 1년살이로 살고 있는 제주집도 역시 창 밖에 나무가 있다. 열매가 열리고 새들이 날아와 앉는다. 새들이 지저귀는 소리가 들린다.

제주 차량탁송 서비스

당연함의 발견

귤밭 너머로 한라산이 보인다. 그렇다, 여기는 제주. 지난주에 제주로 이사를 왔다. 1년 동안 제주에 살아보기로 했다. 한 달 아니고 자그마치 1년이다. 제주에서 1년이라니, 꿈 같은 얘기 아닌가. 나는 기회를 덥석 잡았다. 코로나19의 대유행과 함께 우리의 삶은 변했고, 변화는 때때로 기회가 되었다.

제주 1년의 기회는 재택근무로부터 왔다. 팬데믹을 맞아 내가 다니는 회사는 재택근무로 빠르게 전환했다. 물론 변화는 쉽지 않았다. 몸은 편해도 일하기는 불편했다. 비효율적이었다. 의사소통은 느리고 얕고 그나마도 오해를 샀다. 사무실로 돌아가고 싶지만 확진자수가 늘어나면서 재택근무는 피할 수 없는 일상이 되었다. 모여서 일하는 시절을 그리워하는 대신 이제 사람들은 재택근무를 잘할 수 있는 방법을 모색했다. 슬랙 메신저, 줌 미팅, 구글닥스 등 원격업무 도구들을 더 활발하게 사용했다. 그렇게 한 곳에 모이지 않아도 함께 일할 수 있는 환경이 갖춰지면서 우리 회사는 근무지 자율선택제를 도입했다. 자기가 일할 장소를 스스로 정하는 제도다. 일하는 곳은 회사여도 되고 집이어도 된다. 공유오피스여도 괜찮다. 그곳이 어디 멀리 강릉이어도, 부산이어도 된다. 해외에 머무르는 것도 가능했다. 업무시간 중에 맑은 정신으로 깨어 일에 집중할 수 있다면.

어디서든? 그럼 제주도에서 일해도 되는 거예요? 제주도, 제주도에서 일할 수 있다? 제주도에 살아볼 수 있다?! 아무리 제주를 좋아해도—제주에 연고 없는 사람이—제주에서 살아보는 기회는 쉽게 오지 않잖아. 진짜 제주도에서 한 번 살아볼까? 서울 가고 싶어서 힘들진 않으려나? 모임에 못 가고 그러면 고립감이 들지 않으려나? 아니, 비행기 자주 타느라 몸이 힘들진 않을까?

고민하던 중에 지인의 한마디.

'사람이 콘텐츠가 있어야지.'

그래, 다른 사람이면 몰라도 나는 경험을 자산으로 일하는 사람이 아닌가. 도쿄에서 1년 살고 온 경험도 참 소중하지 않았는가 말이다. 그렇다면 이번엔 제주에서 1년 살아보는 경험. 그래, 해야겠다. 그 경험 내가 가져야겠다.

결심은 했는데 이제부터 해결할 일이 한둘이 아니었다. 이사부터 쉽지 않았다. 일단 이사는 기본 이틀이 걸린다. 서울에서 짐을 포장해 탑차에 실으면 탑차는 목포로 내려가 그대로 배에 실린 채 또 밤새 바다 위를 달려서 이튿날 아침에 제주항에 도착한다. 이틀째는 제주집에 짐을 푸는 작업을 한다. 이삿일 하시는 분들이 이틀 내내. 그래서 이사비도 두 배이상 든다. 서울에서 타던 차도 제주에 보내야 한다. 찾아보니 차량탁송 서비스라는 게 있다. 서비스를 신청하면 기사님이 집 앞에 오셔서 차를 운전해서 간다. 이렇게 각지에서 용인으로 모인 차들은 차를 이층으로 여러 대 싣는 차량 캐리어를 타고 목포로 간다. 고속도로에서 가끔 보는 거, 차 여러대 싣고 가는 차, 그런 거다. 목포에 도착하면 차를 내려서배에 태운다. 다음 날 제주항에 도착하면 다시 기사님이 그

차를 몰고 우리와 약속한 곳으로 오신다. 내가 모르는 세상에는 이런 서비스도 있었다.

함께 사는 고양이 식구들을 모셔오는 것도 보통 일이 아니었다. 알아보니 고양이는 한 사람이 한 마리만 데리고 탈 수 있다. 비행기든 배든. 우리는 고양이가 네 마리. 아내와 나 말고도 두 명이 더 비행기를 같이 타줘야 했다.

이렇게 이사를 한 후에는 회사에 가기 위해서 비행기를 타야 한다. 최소 주 1회. 아침 비행기로 서울에 갔다가 저녁 비행기로 제주에 돌아온다. 김포공항에서 회사가 있는 잠실까지도 꽤 멀다. 못 할 일은 아니지만 쉬운 일도 아닐 것이다.

이사로 생길 어려운 일들을 이렇게 길게 적어본다고 해도, 이건 다 그냥 작고 작은 일일 뿐이다. 제주에 1년 살아보는 큰 경험에 비하면. 이 작은 일들로 고민에 빠지면 제주도에서 살아보는 큰 변화 같은 건 애초에 도모할 수 없다. 큰일이 맞으면 작은 일들은 맞추면서 가는 거다. 제주에 1년 살 수 있는 기회는 흔히 오지 않는 것이다.

이사를 마치고, 전입신고를 하고 우리는 제주도민이 되었다. 이제 인스타에 #제주도민이추천하는맛집 따위의 해시태그도 쓸 수 있게 된 거다. 식당에 갈 때마다, 과일가게에서도 헤어숍에서도 우리는 말하고 싶었다. "저희 제주도로 이사 왔어요." 이런 뜬금없는 TMI를 듣는 제주도민들은 예외 없이 환하게 웃으며 따뜻한 말을 건네주셨다. "축하해요— 제주 너무 좋죠. 저희도 6년 전에 제주에 잠깐 살아보러 왔다가 눌러앉았어요." 제주에서 만나게 되는 분들은 하나같이 순하고 마음 착했다. 호텔 직원도, 부동산 중개해주신 분도, 우리가 살고 있는 여기 이 집주인 아저씨도 그랬다.

그런데 이 순하고 친절한 제주 사람들에게는 반전 매력도 있었다. 제주공항에서 호텔로, 호텔에서 새 집으로, 마트로, 동사무소로, 제주 시내를 운전하면서 좀 이상한 기분이 들었다. 차선을 옮기려고 깜빡이를 넣었더니 깜빡이 넣은 방향의 뒤차가 갑자기 속도를 내며 차 간격을 좁혀서 내가 들어오지 못하게 하는 것 아닌가. '뭐, 그런 사람도 가끔 있지' 했는데 그게 두 번이 되고, 연달아 세 번이 되고, 아 그게 아니구나— 싶은 순간 아내가 말했다.

"여보, 좀 이상하지 않아?"

"뭐가?"

"운전. 깜빡이를 넣으니까 뒤차가 액셀을 밟더라? 어딜 들어와! 그런 느낌. 저 뒤에 있다가도 깜빡이만 켜면 막 쫓아와.”

“그치? 그치! 나만 이상했던 게 아니구나? 오늘도 몇 번이나 그랬어.”

아마도 렌터카 이용자가 많은 제주다 보니 운전에 능숙하지 않은 운전자가 많을 것이고, 그로 인한 사고나 도민들의 불편이 많아 생기는 해프닝이 아닐까 짐작해본다.

여기 제주는 분리수거도 다르다. 서울처럼 집 앞에 내놓거나 골목마다 모아두거나 하지 않는다. 쓰레기가 모이는 곳은 동네마다 있는 분리수거장. 종량제, 종이, 플라스틱, 비닐⋯ 품목마다 정해진 요일도 있고 시간도 있다. 오후 3시 이후부터 새벽 4시까지만 버릴 수 있다. 아마 4시 이후 새벽에 수집차가 다니며 수거하는 모양이다. 분리수거장이 촘촘히 있는 게 아니다 보니 집에서 쓰레기봉투를 들고 걸어오기에는 먼 경우가 많다. 그래서 보통은 쓰레기봉투를 차에 싣고 와서 버린다. (아, 오늘 플라스틱 비닐 버리고 와야지!) 주민들이 좀 더 수고해서 집 앞과 골목을 깨끗이 하자는 정책인 것이다. 깨끗한 제주! 그래서 제주 골목에는 쓰레기봉투가 없다. 번거롭지만 나는 마음에 든다.

제주 시내에는 골목마다 차가 많다. 동네 길을 들어가면 차 한 대 겨우 지나다닐 만큼만 남고 양쪽으로 차들이 빼곡히 세워져 있다. 그래서일 것이다. 차고지를 확보해야만 차를 살 수 있도록 정책이 바뀌었다. 차를 사고 싶다면 주차장을 먼저 마련하라는 것. 좋다. 이 또한 불편하지만 마음에 든다. 다만 정책이 입안된 2007년 이전에 구입한 차들은 이 제도의 적용에서 제외되었는데, 그래서인지 아직도 골목에 차가 많긴 하다. 해가 갈수록 더 나아질 것이다.

어제는 동네에 빵을 사러 나갔다. 네이버 지도를 보며 가까운 빵집 몇 개를 찍어놓고 가까운 곳부터 차례대로 가보기로 했다.

"여기서 샌드위치에 커피를 마시고, 다음 빵집으로 빵을 사러 가자."

"샌드위치 세트A 하나하고요, 세트C 하나 주세요."

"손님, 죄송한데요, 베이커리는 아직 되지 않습니다. 지금 빵이 없어서."

"네? 네~ 알겠습니다. 다음에 올게요."

할 수 없지. 바로 소금빵이 유명하다는 가까운 빵집으로 향했다.

"죄송해요. 저희 빵은 10시 30분부터 나오는데요."

"아?? 네. 알겠습니다."

8시부터 여는 베이커리 카페인데, 10시에 갔는데 빵이 없다. 첫 가게에서 빵이 없다 했을 땐 '이상하네' 했는데 두 번째 가게에도 빵이 없으니 내가 이상한가 싶다. 제주에서는 이게 당연한데 나 혼자 엉뚱한 기대를 하는 건지. 생각하다 보니 당연함이란 도대체 무엇인가, 하는 데까지 생각이 미쳤다. 내가 여태껏 당연하게 여겼던 것들이 여기서는 당연하지 않고, 여기서 당연하게 여겨지는 것들이 나에겐 낯설었다.

여태 당연하다고 생각했던 것이 사실 당연한 게 아니었음을 알게 되는 것, 여행에서 경험하는 큰 즐거움 중 하나다. 제주에 온 나는 1년짜리 여행자, 제주에 살면서 그동안 나를 이루고 있던 당연함을 발견하게 된다. 플라스틱 분리수거 요일을 확인하면서, 운전하다가 깜빡이를 켜면 뒤에서 액셀을 밟으며 쫓아오는 운전자를 만날 때마다, 카페에 가기 전에 오늘 영업하는지 확인전화를 할 때 당연함이란 무엇인지 생각하게 된다. 파리의 식당에서 물을 돈 내고 사 먹게 될 때, 화장실을 돈 내고 가게 될 때 비로소 나를 이루는 당연함을 알아차린다. 모로코에서 해시시(마약의 일종) 파는 곳은 많아도 맥주 파는 곳은 찾을 수 없을 때, 스페인에서 출발시간이 되어도 출발하지 않는 시외버스를 모두들 당연하게 여길 때, 뉴욕의 식당에서 밥을 먹고 팁을 주면서 돈 아깝다는 생각이 들 때. 그들과 나의 당연함이란 얼마나 다른지 알게 된다. '당연하지'라는 말이 얼마나 주관적이며 일방적인지도. '언제나 모두에게' 당연한 것은 얼마 되지 않는다.

여행하는 동안 '왜 다른가'를 묻다 보면 '무엇이 같은지'도 깨닫게 된다. 다르게 나타나는 겉모양—껍데기들, 이래도 저래도 상관없는 것들을 하나씩 치우다 보면 비로소 사람 사는 본질이 드러난다. 우리는 모두 안전하고 싶고, 편하고 싶고, 배부르고 싶다. 나라마다 집의 재료와 모양새가 다르고 주로 먹는 음식의 맛도 다르지만 주변에서 구할 수 있는 재료로 안전하고 배부르게 한다는 기본 원리는 똑같다. 세상에 당연한 것은 이런 것들뿐이다. 우리는 즐겁고 싶고 행복하고 싶고 사랑하고 또 사랑받고 싶다.

아, 그래서 제주는, 좋다. 마당에 나가면 새소리 들리는 거, 한라산 보이는 거, 운전하다 보면 동네마다 큰 나무 있는 거, 어디서든 10분만 가면 오름이 있고 숲이 있는 거. 아! 하늘이 아주 크ㅡ은 거. 그런 게 좋다. 제주 사는 사람들에게는 너무 당연한 것들이겠지. 서울 사람에게 높은 건물 많고, 골목마다 편의점 있고, 편의점만큼 카페가 많고, 밤 늦게까지 문 여는 가게가 많은 게 당연한 것처럼.

Seoul Forest

돈 주고는
살 수 없는 것들

어쩌다 보니 나는 사람들이 놀러 오는 동네에 많이 살았다. 신혼집은 홍대 앞에서 시작했고 그 후에는 신촌, 서촌, 한남동, 이태원에서 그리고 제주에 이사오기 전에는 성수동에서도 살았다. 성수동에 살면서 서울숲에 자주 나갔다. 튤립을 언제 심는지, 벚꽃은 언제가 피크인지 미리 알아볼 필요가 없었다. 그냥 매일 나가서 보면 되니까. 맑아도 좋고 비가 와도 좋았다. 산책 삼아서도 나갔고, 달리기도 자주 했다. 이리저리 세 바퀴쯤 돌면 5km 정도 된다. 달리기를 마치고 공원 안에 있는 깐부치킨 야외석에 앉아 갓 내린 생맥주를 한잔 마시면 그날 나는 세상에서 가장 행복한 사람이었다.

날씨 좋은 날에는 가벼운 캠핑의자와 책 한 권 챙겨서 서울숲 잔디마당에 자리를 잡는다. 무라카미 하루키의 에세이 정도가 딱 좋다. 그렇지만 딱히 책을 읽으러 나가는 건 아니다. 책은 그냥 분위기를 위한 구색일 뿐, 주로 왔다 갔다 하는 사람들 구경을 한다. 공원에 나와 있는 사람들은 다들 밝고 따뜻하다. 혼자 나온 사람은 거의 없다. 동네 사람들은 같이 사는 개와 함께 나온다. 꼬리를 1초에 백 번 흔들고 총총 뛰고 껑충껑충 뛴다. 우리 집 개도 아닌데 너무 사랑스럽다. 놀러 온 사람들은 대체로 둘, 셋, 여럿이 온다. 가족끼리 온다. 좋아하는 사람들과 함께 온다. 사랑하는 사람들과 온다. 소중한 사람과 약속을 잡고, 깨끗하고 좋은 옷으로 신경써서 골라 입고 온다. 맛있는 것을 사들고 온다. 어떤 이들은 천천히 걷고, 어떤 이들은 나무 그늘 아래 자리를 펴고 앉는다. 사람들은 스마트폰을 들고 사진을 찍는다. 포즈를 취하고 밝게 웃는다. 지나가던 사람들은 걸음을 멈추고 사진을 다 찍을 때까지 기다려준다. 무얼 하든, 좋아하는 사람과 함께 공원에서 시간을 보내는 사람들은 웃는 얼굴을 하고 있다. 뒷모습만 보이는 사람들도 뒷모습이 웃고 있다.

공원 안의 사람들을 보고 있으면 내가 딱히 뭘 하지 않아도 충분히 좋다. 좋아하는 걸 하는 사람들을 보는 일, 좋아하는 사람과 같이 있는 사람들을 보는 일. 내가 서울숲을 좋아하는 이유, 내가 자주 서울숲을 찾는 이유다. 내가 있을 자리를 마음대로 정할 수 있다면 나는 날씨 좋은 늦은 봄날의 서울숲에 있고 싶다. 서울숲의 사진가가 되고 싶다. 볕이 좋은 곳에서 삼각대에 커다란 카메라를 올려놓고 사람들의 사진을 찍어주고 싶다. 돈을 받으면 여러모로 애매하니까 무료로. 출력도 해주자. 원본 파일도 보내주자. 함께 온 사람과의 행복한 시간을 특별하게 기억할 수 있게. 수고비로는 행복한 미소를 나누며 서로 고마워하는 것으로, 그 정도면 좋겠다.

Meimei

(우리가 사랑하며) 사는 이유

"여보, 오후 일정들 가능하면 취소하고 집으로 와줘야 할 것 같아."

서울의 회사에 거의 도착했을 즈음 연락을 받았다. 직감했다. 엊그제부터 메이메이의 건강상태가 눈에 띄게 나빠졌는데, 그 때문이라는 걸 묻지 않아도 알 수 있었다.

메이메이는 얼마 전 스물두 살 생일을 맞았다. 고양이가 보통 15년에서 20년 정도 사는데 메이메이는 보통 고양이의 수명을 훌쩍 넘기고 있다. 어릴 때부터 워낙 남다른 아이였다. 메이메이는 고양이 중의 고양이, '고양이'라고 세 글자를 쓰고 상상할 수 있는 가장 멋진 생명체. 고등어 무늬 털은 윤이 나고 두 눈은 반짝반짝 빛났다. 점프도 엄청 잘해서 어느 날은 방문 위에까지 올라갔다. 어떻게 올라간 건지 알 수 없었다. 메이메이는 의젓하고 착하기도 했다. 그리고 다정한 아이였다. 힘들거나 속상한 날이면 어떻게 아는지 조용히 옆으로 와서 따뜻하게 제 몸을 붙여준다. 지쳐서 퇴근한 날 침대에 털썩 누우면 평소엔 안 그러던 아이가 침대 위로 올라와서 품 안에 폭 누워준다. 따뜻하고 보들보들하고 고르릉고르릉 소리가 났다. 마치 충전을 해주는 것 같았다. 우리는 그걸 '고양이충전'이라 불렀다.

고양이를 처음부터 좋아했던 건 아니다. 딱히 싫어한 것도 아니지만. 아니, 불편해하기는 했다. 메이메이는 아내가 나와 결혼하기 전부터 함께 살던 아이였다. 아내―당시 여자친구―집에 가면 데면데면 멀찍이서 바라만 보고 있어서 처음엔 별 관심을 두지 않았다. 당시 나는 업무상 어두운 색 정장을 종종 입었는데 정장에 고양이 털이 붙는 게 좀 곤란했다. 방바닥에 모래가 밟히는 것도 신경이 거슬렸다. 아내가 워낙 좋아하니까 호기심이 생길 뿐, 그 정도였다.

결혼을 앞두고 나는 '결혼하면 고양이들은 다른 데 맡기고 우리만 살면 어때?'라고 철없이 물었다. 고양이를 키운다는 게 어떤 의미인지, 아내와 고양이가 어떤 관계인지 몰랐으니 가능했던 말이었다. 고양이들은(메이메이 말고 두 마리 더 있었다) 자식이고 가족이었는데 결혼을 위해 가족과 헤어진다는 건 있을 수 없는 일이었다. 당시 나로서는 공감이 다 되진 않았지만 '그렇다면 그런 거겠지' 하며 고양이들과 함께 사는 걸 받아들였다. 정장에 털이 붙는 건 여전히 걱정이었다. 돌돌이(털 떼는 테이프)를 여기저기 가져다 놓았다.

지하철을 갈아타고, 비행기를 타고, 운전을 하고 집에 도착하니 아내가 울고 있었다. 침대 위에 메이메이를 눕히고, 옆에서 메이메이를 보며 울고 있었다.

"침대에 올려주니까 너무 좋아했어. 이렇게 좋아하는 걸, 진즉 해줄걸. 메이메이, 우리랑 자는 거 좋아했는데. 그래도 메이랑 이야기 많이 했어. 애기 때 동물보호소에서 데리고 온 이야기부터. 애가 산고양이였잖아. 산에서 구조해 왔는데 형제들은 다들 얼마 못 살고 얘만 이렇게 남아서 지금껏 우리랑 잘 살았네. 우리 결혼하면서 대구에서 서울까지 차도 타보고, 여보랑도 18년을 같이 살았네."

창밖으로 푸른 나무가 많아서 멋있었던 옥인동 집에서 지낸 이야기, 하늘이 환하게 보이던 성수동 집 이야기, 지난 스물두 해 동안 함께 살아온 이야기를 천천히 하나하나 메이메이에게 들려줬다고 했다. 메이메이는 우리의 역사였다. 결혼 전, 아내의 집에 처음 갔을 때 메이메이는 낯선 남자―나―를 경계했다. 가까워지고 싶지만 내가 먼저 다가가서는 메이를 만질 수 없었다. 메이메이가 마음을 열 때까지 기다려야 했다. 고양이란 그런 동물이다. 그렇게 몇 달이 필요했다. 어느 날 메이는 화장실에 가는 척 걷다가 방향을 쓱 바꾸더니 내 옆을 지나치며 옆구리와 꼬리를 나에게 슬며시 비볐다. 딱히 너에게 오려고 한 건 아닌데, 지나가다 스쳤네, 미안, 싫지는 않았지? 이런 느낌. 예상치 못한 순간 처음 닿아보는 거였다. 오래오래 기다린 장면이었다.

"이제 자기가 편안한갑다."

고양이는 사람을 못 알아보지 않는다. 경계심을 가지고 살피며 자기 하고 싶은 대로 할 뿐. 드디어 '이 사람은 안전하구나' 했던 것이다. 갑자기 눈물 날 듯 마음이 몽글몽글해졌다. 아내와 결혼 후 같은 집에 살면서도 다른 고양이들이 엄마만 따라다닐 때 메이메이만 혼자 나를 챙겼다. 결혼 전에 내가 '고양이는 두고 우리끼리만 살자'고 했던 걸 너는 알기나 할까.

이제는 뼈만 앙상히 남아 침대에 힘없이 누워 있는 메이메이. 눈을 뜨지도 감지도 깜빡이지도 못하고 눈앞에 손을 가져가도 알아보지 못했다. 배 언저리가 조용히 오르락내리락하는 게 아니면 죽었는지 살았는지 알 수 없었다. 어제부터 아무것도 먹지 못하고 물도 마시지 못했다. 이따금씩 일어나려고 힘을 주는데 몸이 따라주지 않았다. 그럴 때마다 반대쪽으로 돌려 눕혀주었다. 팔베개를 하고 얼굴을 마주보고 누웠다. 고마워. 사랑해. 이제는 살려야 한다거나 그런 생각은 들지 않았다. 자연의 시간표대로 좋은 이별을 할 수 있으면 좋았다. 우리의 시간표에 정확한 시와 분은 나와 있지 않지만 몇 시간 남지 않았음을 알 수 있었다. 우리 셋은 오랜만에 같이 누워 잠이 들었다. 그럴 수 있어 행복한 밤이었다.

새벽 3시. 메이의 숨이 점점 느려지더니, 간헐적으로 몇 번 큰 숨을 쉬었고 그러고 나서는 더이상 숨을 쉬지 않았다. 엄마 아빠의 냄새가 묻어 있는 침대 위에서 엄마 아빠의 목소리를 들으며 깊은 잠에 빠지듯 편안히 생명이 꺼졌다. 우리는 아직 식지 않은 메이메이의 몸을 쓰다듬으며 아낌없이 사랑해줘서 고맙다고 사랑한다고 먼저 가 있으라고 곧 다시 만나자고 몇 번이나 같은 말을 들려주었다.

"너무 미안하다. 메이메이에게 받기만 했어. 해준 게 하나도 없어."

아내가 울먹이며 말했다.

"해준 게 없기는. 더 잘해줄 수 있었는데— 하는 마음은 들지. 나도 그래. 근데 자책하진 않았음 좋겠어. 메이는 자기 같은 엄마를 만나서 정말 행복했을 거야. 자기처럼 매 시간 애들 어딨는지 찾고 부르고 만져주고 닦아주고 하는 사람이 어딨다고. 때로 나는 내가 고양이가 아닌 게 서운할 지경인데. 메이메이는 마지막 순간까지 행복했을 거야. 엄마 아빠 품에 안겨서 그동안 살아온 시간들을 이야기하면서 충분한 시간 동안 고마워하고 사랑하면서 헤어졌잖아. 한 생명이 꿈꿀 수 있는 최고의 마지막이지. 나도 60년 후에 삶을 다 살고 죽을 때 이렇게 메이메이처럼 자기 품에 안겨서 그동안 살아온 이야기 나누며 고맙다고 사랑한다고 한참 이야기하다가 조용히 갈 수 있으면 좋겠다."

위로랍시고 한 말에 아내는 더 크게 울었다. 내 팔을 쥐고 흔들었다. 그런 말 하지 말라고. 너밖에 없는데 네가 죽는다는 소릴 왜 하냐고. 그럼 나는 어떡하냐고. 그땐 그냥 같이 죽을 거라고.

"미안해. 미안해."

마치 영화 〈컨택트〉에서 주인공이 자신의 모든 미래를 쭉 알게 되는 장면처럼, 살아보지 않은 내 앞날이 생생하게 눈앞에 그려졌다. 10년 뒤, 20년 뒤, 그리고 2080년 주어진 생을 다 살고 서서히 숨이 꺼지는 순간까지 여러 장면이 앞뒤 없이 동시에 그리고 순식간에 눈앞에 펼쳐졌다. 생명은 늙고 때가 되면 멈춘다. 정해진 끝을 향해 가는 가운데 지금 우리가 있다. 그렇게 생각하니 오늘 하루에 더 충실하고, 더 사랑하고, 더 위해주고, 더 많이 웃고 싶어졌다. '더 잘해줄걸' 나중에 후회하면서 해준 게 아무것도 없다고 자책하지 않도록, 내가 너무 많이 해줘서 억울하다는 생각이 들 만큼 그렇게 살고 싶다.

고마워, 메이메이. 사랑해.

The Night of Thakgil

아이슬란드를 여행하며
가장 좋았던 것은

일주일의 아이슬란드 여행을 마치고 다시 비행기를 탔다. 여행이 끝난 것은 아쉽지만 집으로 돌아간다는 것은 반갑고 기쁜 일이다. 네 마리 고양이들이 기다리는 집으로 간다.

일주일은 짧았다. 아이슬란드의 아주 일부분만 겨우 엿본 것 같은 기분이다. 아이슬란드에 오기 전, 먼저 왔다 간 이들의 블로그와 유튜브를 찾아보며 공부했지만 막상 도착해서는 다 잊어버리고 그날그날 우리 마음이 가는 대로 흘러다녔다. 이번 여행의 가장 멋진 점은 이 불확실성이었다. 차에 캠핑 장비를 싣고 다니며 가고 싶은 만큼 갔고 머물고 싶은 만큼 머물 수 있었다. 불확실성이 높은 만큼 마음대로 되지 않는 일도 많았다. 침낭이 없어서 추위에 떨며 견딘 밤도 있었고, 어느 날은 트래킹을 하다 길을 잘못 들어서 나올지 안 나올지 모르는 목적지 방향으로 칼바람을 맞으며 하염없이 걷기도 했다. 2년에 한 번 걸릴까 말까 하는 감기에 걸렸다. 7만 원짜리 재킷을 사면서 700만 원이 결제된 줄 모르고 가다가 카드사 전화를 받고 부랴부랴 가게로 돌아가기도 했다. 높은 산길 위에서는 가끔씩 휴대폰이 터지지 않았고, 아이폰 사진이 자동으로 동기화되는 바람에 데이터를 다 써버리기도 했다. 셀프 주유소에서는 주유기 사용법을 몰라 헤매다가 기름 넣으러 온 현지인의 도움을 받아서 간신히 해결했다.

계획에 없던 멋진 일도 많았다. 도시만 벗어나면 지구 같지 않은 풍경이 펼쳐졌다. 아니, 어쩌면 이게 가장 지구다운 본연의 모습이겠지. 이끼에 덮인 벌판은 너무 넓고, 바위는 너무 많았다. 폭포가 너무 컸다. 산이 너무 높았다. 하늘이 너무 컸다. 지구과학 교과서에서나 보던 단층이 눈앞에 있었다. 원시의 지구에 나 있는 길을 달렸다. 가끔은 화성에서나 사용할 법한 큰 바퀴 달린 장갑차 같은 것들이 길을 달렸다. 어느 날은 차를 운전해서 10개쯤의 다리 없는 시냇물을 건넜다. 우리 차는 시냇물을 건너기엔 평범하고 작았지만 다행히 도중에 멈춰 서지는 않았다. 바퀴 큰 차가 부러웠다. 그걸 타고 탐험을 하고 싶어졌다. 이 젊은 화산섬은 놀랍도록 아름답고 동시에 두려웠다. 인간은 작고 아는 것이 없다. 먼 길을 달려 찾아간 몇 개의 폭포들은 제각각의 아름다움이 있었다. 이름난 폭포들 사이에 이름 없는 폭포들이 더 많았다. 크지 않아도, 특별하지 않아도 제각각의 멋짐이 있었다. 여기서 대접받지 못하는 이 폭포를 하나 떼다가 한국에 데리고 가면 단박에 가장 유명한 폭포가 될 수 있을 것 같았다. 어느 날의 숙소에는 마당에 2인용 사우나부스가 있었다. 화목난로에 직접 장작을 넣고 불을 피워서 사우나를 데웠다. 화목난로에 서툰 우리는 매캐한 연기를 피웠다. 사우나에 앉아 있는 것도 좋았지만 사우나를 데우고 증기를 채우는 과정이 더 즐거웠다. 항구에서 생선 요리를 먹었다. 뜨거운 온천에 몸을 담그고 얼굴에 진흙칠을 하고 찬 바람을 맞으며 놀았다. 어디나 그렇듯 기분 나쁜 사람들도 가끔 있었지만 상냥하고 친절한 사람들이 훨씬 많았다. 하루는 산으로 둘러싸인 곳의 작은 오두막에서 비를 피했다. 창밖으로 비바람이 세차게 부는데 오두막 안은 따뜻했다. 비를 피할 수 있는 지붕이 있어서 다행이라고 생각했다.

그래. '아이슬란드에서 뭐가 가장 좋았어?' 하고 누가 묻는다면 여기 이 오두막에서 지냈던 하루를 이야기해야겠다. 10개쯤의 다리 없는 시냇물을 건넜던 날 우리는 첩첩산중의 캠핑장에 도착했다. 험한 산길의 끝에 사방이 푸른 산으로 둘러싸인 평평하고 아늑한 공간이 나타났다. 마침 예약이 비어 있는 작은 오두막을 하루 빌릴 수 있었다. 나무로 지어진 오두막은 아주 작고, 작지만 있을 건 다 있었다. 화구가 두 개뿐인 가스레인지 위로는 프라이팬 하나, 주전자 하나, 냄비 하나가 단정하게 걸려 있었다. 물통이 연결된 작은 싱크대와 그 밑에 작은 냉장고, 아주 작은 화장실, 이층 침대, 작은 식탁, 작은 창, 창밖으로 푸른 산. 그래, 산에 가야지— 트래킹을 나섰다. 나설 때까지는 날씨가 좋았다. 돌아오는 길에 하늘이 빠르게 어두워지더니 바람이 불고 빗방울이 떨어졌다. 빗방울은 점점 굵어지고 우리는 뛰었다.

오두막에 도착하자마자 비가 마구 쏟아졌다. 바람이 불규칙하게 불고 빗물이 창을 때렸다. 밖은 금방 어두워지고 창밖으로는 아무것도 보이지 않았다. 샤워를 하려면 이 비를 뚫고 100m쯤 가야 하는데 엄두가 나지 않았다. 침낭 없이 떨었던 지난 밤 때문인지, 좀 전에 트래킹하면서 찬 바람을 오래 맞아서인지 우리는 연신 코를 훌쩍거렸다. 코맹맹이 소리를 냈다. 근처에 약국이 있나? 휴대폰을 열어도 전파가 닿지 않았다. 구글맵도 볼 수 없고 전화 통화도 할 수 없었다.

창밖은 불빛 하나 없이 캄캄한 밤, 보이는 거라곤 작은 오두막 실내뿐이고 들리는 것이라곤 빗소리와 서로의 기침 소리뿐. 탁! 하고 가스레인지를 켜고 치익— 계란을 올려 프라이를 했다. 꿀꺽꿀꺽 맥주를 마시고, 콜록콜록 기침을 했다. 작은 미니어처 병에 담긴 위스키를 따라서 홀짝거렸다. 뜨거웠다. 열이 나는 서로의 이마에 손을 얹었다. 옷을 더 꺼내 겹쳐 입어도 추웠다. 코를 훌쩍거렸다. 오두막 한쪽에서 미미한 온기를 내는 전기식 히터에 몸을 기댔다. 감기 기운에 춥고 맥주를 마셨더니 배부르고 정신이 몽롱했다. 몽롱한 정신으로 책을 읽었다.

"내가 여행을 정말 좋아하는 이유 중 하나는 과거에 대한 후회와 미래에 대한 불안, 우리의 현재를 위협하는 이 어두운 두 그림자로부터 벗어날 수 있기 때문이다. 여행하는 동안 우리는 일종의 위기 상황에 처하게 된다. 낯선 곳에서 잘 모르는 사람들 사이에서 먹을 것과 잘 곳을 확보하고 안전을 도모해야 한다. 오직 현재만이 중요하고 의미를 가지게 된다. 스토아학파의 철학자들이 거듭하여 말한 것처럼 미래에 대한 관심과 과거에 대한 후회를 줄이고 현재에 집중할 때, 인간은 흔들림 없는 평온의 상태에 근접한다. 여행은 우리를 오직 현재에만 머물게 하고, 일상의 근심과 후회, 미련으로부터 해방시킨다."*

여기가 세상의 끝이라 해도, 세상이 멸망하고 우리 둘만 살아남았다 해도 믿을 것 같은 고립된 밤이었다. '지금' '여기' '우리'만 남은 이 작은 오두막이 결코 작지 않았다. 오두막 밖은 없는 세상이었으므로. 그날 밤 이 오두막은 세상의 전부와 같았다.

* 김영하《여행의 이유》(문학동네) p. 109~110

Montbell Travel Umbrella

비 오는 게 싫어서
우산을 좋아합니다

스쿰윗역의 계단을 올라오니 비가 시원하게 쏟아지고 있었다. 출구 지붕 아래서 사람들 대여섯이 비를 피하고 있다. 비가 잦아들기를 기다리는 거다. 동남아 우기의 비는 소나기 같아서 막 쏟아붓고는 또 금방 멈추니까. 나도 조금 기다릴까 잠시 고민하다가 가방에서 우산을 꺼냈다.

"우산이 있었어?"

아내가 새삼 놀랐다. 놀랄 거 뭐 있나. 내 가방에는 대체로 늘 우산이 있는걸. 하긴 오늘 가방은 산책용 작은 가방이니 여기서 우산이 나오면 좀 신기하긴 하다. 준비성 있는 사람 같기도 하고. (아님.) 어릴 때부터 비 맞는 걸 워낙 싫어하다 보니 생긴 습관이랄까. 여튼 내 가방엔 대체로 우산이 있다.

독자님이 상상하는 그런 우산이 아니다. '그런 우산'이라고 하면 2단 혹은 3단으로 접는, 손잡이에 버튼이 있어서 톡 누르면 탁 열리는 거, 그런 거 아니다. 그건 꽤 무거우니까. 이 우산은 아주 작고 귀엽다. 펼친 지름은 88cm, 접으면 23cm밖에 되지 않는다. 한 뼘 길이다. 무게는 86g. 케이스 씌운 스마트폰의 3분의 1 정도다. 실제로 손에 들어보면 깜짝 놀란다. 이 정도라면 가방에 넣을까 말까 고민거리도 안 된다. 그래서 매일 가지고 다닐 수 있다. 가방에 늘 들어 있다. 평소엔 잊고 살다가 갑자기 비가 내리면 '가방에는 늘 우산이 있지―' 하고 여유롭게 꺼내면 된다. 오늘도 그런 날이었다.

가벼운 우산을 늘 들고 다니자는 아이디어를 얻은 건 오래전 홍콩 여행에서였다. 여행 중에 갑자기 비가 쏟아졌다. 그날은 우산이 없었다. 비를 피하려고 마침 눈앞에 있던 노점에서 우산을 하나 샀다. 여행 중에 급히 사는 거라서 이 상황만 모면하면 된다고 생각하고 그냥 싸고 적당한 걸 샀는데 그게 운 좋은 만남이었던 거지. 우산은 수동이고 작았다. 얌전한 비만 겨우 막을 정도, 머리만 겨우 가릴 정도였는데, 이 작고 어설픈 우산에 신세를 졌다. 여행일정 내내 우산을 가방에 넣어 다녔는데, 우산이 크고 무거웠다면 외출 전에 일기예보를 보고 넣어갈까 말까 고민하고, 안 가지고 나간 날 비가 오면 숙소에 두고 온 우산 생각을 하며 스스로를 원망했겠지. 집에 두고 온 큰 우산보다 손에 든 작은 우산이 훨씬 좋았다.

　그 여행 이후로 작고 가벼운 우산을 탐구했다. 세상에는 'Ultralight Umbrella'라는 카테고리가 존재한다는 걸 알게 되었다. 트래킹하는 사람들을 위해 만들어진 장르였다. 무게는 보통 100~200g 정도인데 내가 고른 우산은 그중에도 가장 가벼운 것. 도쿄의 몽벨 매장을 찾아가서 실물을 만져보며 고민을 좀 했다. 선택할 수 있는 옵션이 다양했다. 지름이 중간쯤 되는 것과 작은 것, 우산살이 8개인 것과 6개인 것, 천이 얇고 가벼운 것과 조금 두꺼워 양산으로도 쓸 수 있는 것 등. 커버력과 무게에는 반비례 관계가 있었다. 바람을 견디거나 비를 덜 맞고 싶다거나 하면 더 튼튼하고 큰 걸 고를 수도 있었지만 나는 가벼운 무게에 올인했다. 우산살 6개,

지름 작은 것, 천도 얇고 가벼운 것으로. 색상도 가볍게 하얀
색으로 골랐는데 두고두고 생각해도 참 잘했다.

지금은 다양한 우산을 가지고 있다. 집 현관에는 크고 튼
튼한 장우산이 몇 개 있다. 도보로 외출하려는데 비가 오고
있으면 쓴다. 차에도 물론 우산이 있다. 운전석 문의 수납함
에 하나, 조수석에도 하나씩 튼튼한 3단 접이식 자동우산이
들어 있다. 이건 무거워도 되니까. 차를 타고 나갔다가 비가
내리면 꺼내서 쓴다. 판초우의와 장화도 있다. 비 오는 날 오
름에 오르거나 숲길을 걸을 때 쓴다. 비가 내리면 초록이 더
반짝이고 흙냄새도 더 풍성해진다. 어릴 때는 비를 엄청 싫
어했는데 어느새 사람이 많이 변했네. 신경써서 고른 좋아하
는 물건들에는 싫어하는 상황을 변화시키는 힘이 있는 것일
까.

그중에도 가장 자주 꺼내게 되는 건 이거, 매일의 가방에
든 가벼운 우산이다. 예상치 못한 때 비가 내리고 이 우산을
꺼내어 펼치면 가끔씩은 좀 행복하다. 필요할 때 손에 있는
작은 우산이 제일이지. 이게 성능이고 이게 아름다움이지.

Jeju Beer Jeju Nouveau

술 좋아하지만
취하는 건 싫어

"술 좋아하세요?"

술이 앞에 있으니 자연스러운 질문이다.

그럼에도 난 잠시 머뭇거리다 대답한다.

"아, 네. 음— 좋아하죠, 술."

상대의 표정을 살핀다. 이 대답엔 부연설명이 필요하다.

"좋아해요, 진짜. 음식으로서."

앞사람의 눈동자가 물음표에서 느낌표로 바뀐다.

"아, 페어링— 그런 거 말이죠?"

"네네, 맞아요. 제가 맛있는 거 진짜 좋아하는데, 아, 누구나 그런가? 근데 맛있는 음식에는 늘 어울리는 술이 있잖아요. 육전을 먹는데 막걸리가 없어? 이건 육전이라고 할 수 없죠. 육전은 막걸리 끼얹는 것까지 해서 육전이지. 그게 육전이라는 요리의 완성이죠. 안 그래요?"

"그쵸그쵸. 치킨에 맥주. 맥주까지 해야 치킨이죠."

"그르쵸~ 저는 튀김이나 구운 걸 좋아해서 맥주도 꽤 즐기고요. 맥주도 종류가 엄청 많거든요. 몇 년 전에는 마라톤하러 포틀랜드에 갔었는데요, 거기 맥주 양조장이 엄청 많거든요. 신 맥주만 전문으로 하는 브루어리도 있고요."

"신 맥주? 신맛이 나요? 맥주에서?"

"네, 사우어비어라고도 하는데 신맛이 메인이에요. 맛있어요. 처음엔 좀 낯설 수 있는데, 낯선 느낌이 가시면 그때부터 매력을 볼 수 있어요. 이쪽 세계가 아주 깊죠. 와인과 맛의 경계가 모호한 아이들도 있어요."

"그럼 와인을 마시지 왜."

"그러네요. 와인 좋아하세요? 저 와인도 엄청 좋아하는데. 와인 어떤 거 좋아하세요? 와인이나 맥주 같은 술은 진짜 재밌는 것 같아요. 보리라고 다 같은 보리가 아니고, 또 포도라고 다 같은 포도가 아니고, 재료의 품종이 다양하고 해마다 작황도 다르고, 만드는 곳들도 크고 작은 곳들이 아주 많아서 각자의 제조 노하우에 따라 뭘 더 넣거나 오래 하거나 짧게 하거나 해서 셀 수 없는 맛의 조합이 나오잖아요. 그런 술이 너무 재미있어요. 병을 들고 라벨을 유심히 보면서 이 술은 또 어떤 맛일까? 궁금해하면서 먹게 되는 거요. 위스키도 그렇죠. 재료와 제법에 따라 풍미가 다양하고."

"그래서 요즘 인기가 많은가 봐요. 인성 님 위스키도 좋아하세요?"

"좋아하긴 하는데…."

"하는데?"

"와인이랑 맥주가 더 좋아요, 저는."

"왜요?"

"글쎄요. 위스키를 덜 좋아한다기보다는 와인과 맥주가 좋은 거 같아요. 저는 그쪽이 더 재미있어요. 시원하게 마시기도 좋고. 그리고, 덜 취하는 거."

"덜 취하는 게 좋아요?"

"취하면 점점 맛을 모르게 되잖아요. 물론 흥겹고 신나고 그런 건 좋은데 어느 이상 가버리면 좋은 줄도 모르겠고, 좋았더라도 제대로 기억이 안 나니까. 적당히 취한 상태가 유지되는 게 좋아요."

"적당히라니 참 애매하네요. 적당히 취하려면 인성 님은 얼마나 마시는데요?"

"와인으로는 한 병쯤? 천천히 마시면 계속 마시기도 하지만. 그 정도 마셨을 때 적당히 기분 좋고, 맛도 있고. 여기서 더 취하면 맛있는 술을 마셔도 무슨 맛인지 잘 몰라! 마실 때는 맛있다고 느낀다 해도 기억도 잘 안 나. 다음 날 아침에 일어나서 아껴뒀던 술이 빈 병이 된 걸 보고 '우리가 이걸 마셨어?' 하면 이게 얼마나 억울하냐고요. 그래서 집에 일부러 싼 와인도 몇 병 사둬요."

"아? 아— 좋은 방법이네요. 어차피 취하면 좋은 술인지 싸구려인지 무슨 맛인지 잘 모르니까."

"그쵸, 취한 뒤에 마시는 건 어차피 그냥 와인이기만 하면 되니까요. 그쯤 되면 와인 맛은 나는데 무알코올인 게 있음 더 좋을 것 같아요."

"무알코올 와인?! 그런 게 있어요?"

"글쎄요? 진짜 있는지까지는 생각 안 해봤네요. 무알코올 맥주는 좋은데. 요즘 무알코올 맥주 드셔보셨어요?"

"아뇨. 예전에 마셔봤는데 그냥 그렇던데요."

"언제요?"

"글쎄요. 한 4년 전?"

"아— 아냐 아냐. 그럼 지금 다시 마셔봐요. 몇 년 새 많이 좋아졌어요. 요즘엔 진짜 맥주 같아요. 아니, 아니다. 엄밀히 말하면 구분할 수 있긴 한데, 치킨 시켜놓고 칭따오 논알코올 하나 딱 따서 치킨 한 입 물고 맥주 한잔 마시면 캬— 그냥 치맥이에요. 그렇게 먹으면 몰라, 이게 맥주인지 뭔지. 그 정도는 돼요, 요즘."

"오오~ 진짜요? 칭따오가 맛있어요?"

"응, 여러 가지 다 마셔봤는데, 뭐 취향이겠지만 라거 맛 종류로는 칭따오가 제일 마음에 들었고요."

"라거 맛 아닌 게 있어요?"

"IPA도 나와요, 논알코올로."

"오—"

"제주누보라고, 제주맥주 알아요?"

"네, 알죠."

"거기서 만든 건데, IPA 맛이랑 비슷한데 거기에 오렌지 같은 시트러스 향이 팡팡. 이건 웬만한 맥주보다 더 맛있어요. 안주 없이 음료로만 마셔도 맛있으니까. 특별히 라거 맛이 당기는 상황이 아니라면 제주누보로. 치킨이나 고기 먹을 때는 시원하게 칭따오. 저는 제주누보랑 칭따오 각 12캔씩 사다가 냉장고에 쫙 넣어놓고—이건 술이 아니어서 택배로도 오거든요—냉장고를 열면 언제나 든든하게 있어요."

"오, 인성 님이 그렇게 말씀하시니 궁금하네요. 근데 아무리 맛있어도, 그냥 맥주를 마시는 게 더 낫지 않아요?"

"음. 맥주를 마신다는 게 꼭 취하고 싶다는 뜻은 아니니까. 맛있는데 취하지도 않는다? 이것도 때때로 좋아요. 안 취해서 더 좋을 때가 있어요. 점심때? 점심 먹을 때 돈가스 같은 거 시켜놓고 무알코올 하나 딱! 따면 좋잖아요."

"아아—"

"그리고 운전해야 할 때? 근데 아직 음식점에선 잘 안 팔아요. 팔면 좋은데. 원하는 사람 많을 텐데. 음식점에서 어른들이 콜라 사이다 시키는 게 사이다 맛이 당겨서 콜라 맛이 당겨서는 아니잖아요. 술은 못 마시는데 술이 아닌 선택지가 그거밖에 없으니까 할 수 없이 시키는 거지. 일본처럼 우롱차나 레모네이드, 탄산수라도 있으면 시킬 텐데 그런 것도 대부분 없죠. 그러니 논알코올 맥주를 음식점에서도 팔면 참 좋을 텐데, 많이 팔릴 것 같은데 왜 안 갖다놓지? 그냥 저만 좋아하는 걸까요? 아니면 마진이 덜 남나?"

"그럴 수도 있겠네요. 다른 거 파는 게 더 많이 남으면."

"아닐 수도 있고요. 그냥 논알코올 맥주는 아직 저랑 제 주변의 몇 명만 좋아한다, 대중화는 아직 멀었다, 그런 것일 수도 있죠. 하여튼 맛있다니까요."

"취하지도 않고."

"응! 안 취하는 건 오히려 장점!"

"살도 덜 찌고."

"얼씨구—"

"지화자—"

VLLO

퇴사하고
유튜버가 되는 게
꿈입니다

첫 책을 준비하면서 '책을 한 권 내는 일은 아이를 낳는 것과
도 같다'는 진부한 말을 들었는데, 실제 책을 내보니 이만 한
비유가 없었다. (물론 아이를 낳아보진 않았습니다.) 그렇게 낳
은 책은 내 손을 떠나 독자들에게로 간다. 그 후로 종종 '다
음 책은 언제 나와요?'라는 질문을 받기도 했다.

　둘째도 책이어야 하나? 마침 시대는 영상으로 가고 있었
다. (2019년 즈음의 일입니다.) 그래, 영상으로 말할 줄 아는 사
람이 되고 싶다. 나야 글로 쓰는 쪽이 더 편하지만 편한 것만
계속하다가 영상으로 말할 줄 모르는 사람이 되면 어떡해.

　유튜브를 해야겠다. 이건 업무에도 필요하다. 실제로 자

기 계정을 운영해보는 경험은 일하는 데 큰 도움이 된다. 자기 인스타를 하는 사람이 기업계정 인스타그램도 더 잘 돌볼 수 있는 것처럼, 유튜브도 그냥 잘한다는 대행사에 맡기고 말 게 아니라 나 스스로 유튜브를 하는 사람이어야 맡기더라도 더 잘 맡길 수 있겠다 싶었다.

동료 마케터들과 유튜브 스터디를 했다. 좋은 채널을 서로 추천하기도 하고, 각자 유튜브를 한다면 어떤 주제로 어떻게 이야기할 것인지 발표를 하기도 했다. 간단한 편집기술을 배우기도 했다. 편집 소프트웨어로 프리미어를 많이 쓴다고 했다. 익숙한 포토샵과 같은 회사 제품이어서 무난하게 할 수 있으려니— 생각했는데 이게 웬걸, 영상을 불러오고 순서 정렬하고 자르고 자막 올리고 위치 조정하고 뭐 이런 기본적인 것조차 너무 어려웠다. 편집이 어려우니 유튜브를 할 엄두가 나지 않았다.

그렇게 나는 반 포기 상태였는데 뜻밖에 아내가 유튜브를 시작한 게 아닌가. 우리 집 고양이들의 귀여움을 나누는 채널이었다.

"뭐야? 어떻게 한 거야, 편집? 진짜 어렵던데?"

"응? 쉽게 했는데. 단순해. 나는… 이거, 블로^VLLO로 했는데. 한번 볼래?"

가까운 사람이 시작한 걸 보니 용기가 났다. 아이폰으로 찍고, 블로로 편집한다. 노트북까지 갈 것도 없이 그냥 아이패드로 불러와서 자르고 붙이고 자막을 올린다. 전문가처럼 멋있는 효과를 줄 순 없지만 지금은 이걸로도 충분하고 넘쳤다. 시작하는 게 중요하다. 잘 준비해서 시작하려고 하면 영원히 못할지도 모른다. 일단 어설프게 시작하고, 하면서 조금씩 나아지면 된다. 잘할 필요 없어. 핑계 그만 대고 시작을 해.

시작이 잘 안 될 때, 시작하는 요령이 있다. 주변에 공표하기. 사람들을 만날 때마다 유튜브 할 거라고 떠들었다. 이야기해놓으면 말에 책임지려고, 창피해서라도 하겠지. 《마케터의 일》을 유튜브 버전으로 만들면 어떻게 될까? 마케팅/브랜딩 이야기만 하면 시청자 모수가 너무 적을 텐데. 누가 들어도 관심 가질, 도움 될 만한 이야기를 하고 싶은데. 그렇다면 파는 사람이 하는 사는 이야기는 어떨까? 리뷰라는 장르에 고르는 사람의 고민을 좀 더 넣어본다면? 나라는 소비자는 무슨 생각을 하면서 사는가. 마케터가 산 물건에 대해 살까 말까 고민을 이야기하는 영상. 홈오피스를 꾸밀 때 무슨 생각을 하는지, 텀블러는 어떤 기준으로 고르면 좋은지,

좋은 우산의 요건은 무엇이라 생각하는지, 이런 이야기라면 잘할 수 있겠다고 생각했다. 채널명도 지었다. 〈인성아뭐샀니〉 예고편을 찍었다. 아이폰을 들고 앞으로 채널에서 하고 싶은 원대한 계획을 이야기했다. 물론 계획대로 원대하게는 안 됐다.

유튜브를 시작하니 세상이 온통 영상물로 보였다. 쉬면서 TV를 보는데 갑자기 편집점이 보이기 시작했다. 그동안 보던 영상은 사실 짧은 컷들의 연속이었다는 걸 알게 됐다. 카메라가 몇 대인지, 어디어디 서 있는 건지 촬영장이 읽혔다. 편집은 엄청나게 압축적인 과정이었다. 사람이 걸어오는 장면을 멀리서 담고, 문 손잡이를 잡는 손이 클로즈업으로 잠깐 나오고, 문 안쪽에서 기다리는 카메라가 문이 열리는 걸 찍고, 걸어가는 장면은 잘라내고, 이 장면 뒤에 저 장면을 짧게 붙여도 사람들은 없는 장면을 상상하며 자연스럽게 이해하는구나. 여태껏 한 번도 인식하지 못했는데 내가 보는 대부분의 영상은 핵심 중에서도 핵심만 골라 편집해서 보여주는 거였다. 그래야 겨우겨우 지루하지 않은 속도가 된다. 그것도 느리다고 사람들은 1.25배속으로 본다.

그냥 보고 즐기기만 했던 자막도 다시 보였다. 자막 뒤에 그걸 쓴 작가가 보였다. 시청자가 놓치고 지나갈 수 있는 부분을 짚어준다든가, 시청자에게 바라는 반응을 부드럽게 유도하기도 하고. 어떤 부분은 말하는 그대로 쓰고, 어떤 부분은 요약하고. 음악과 소리도 그렇다. 화면은 아직 안 넘어갔는데 소리만 먼저 들리며 장면을 자연스럽게 연결한다. 음악은 시청자가 느꼈으면 하는 감정을 정해준다. 갓난아기가 세상을 보듯 하나하나 새롭게 보이는 게 신기했다. 수십 년간 영상을 보면서도 여태껏 보이지 않던 것들이, 영상편집기 한 번 잡아봤다고 갑자기 이렇게 보인다고?

책을 썼을 때도 비슷한 경험을 했다. 책을 쓰고 나면 다른 이가 쓴 책이 좀 다르게 보인다. 책날개를 펼치면 작가소개를 쓰기 위해 했을 고민이 보이고, 목차를 짜고 머리말을 쓰며 무슨 생각을 했을지, 예전엔 보이지 않던 것들이 생생하게 보인다. 가르쳐보면 스스로에게 공부가 된다. 요리를 하는 사람은 남이 만든 음식을 먹을 때 그 재료와 과정을 상상할 수 있다. 물건 파는 일을 해보면 물건 살 때의 마음이 달라신다. 팀원을 지나 팀장이 되어보면 팀원일 때는 몰랐던 뷰가 나타난다. 일이 입체적으로 보인다. 영상을 만들어보니 영상을 볼 때 보이는 것이 달라졌다.

욕심이 났다. 더 잘하고 싶어졌다. 다시 프리미어를 공부해? 어렵잖아. 아, 그런데 맥북엔 파이널컷 아닌가? 맥 전용이니까 사용법을 직관적으로 이해하기 좋지 않을까? 파이널컷 때문에 맥북 사는 사람도 있다던데. 유튜브로 파이널컷의 장단점과 사용법 영상을 찾아보았다. 사도 될지 안 될지. 그렇게 며칠 공부 끝에 파이널컷을 샀다. 순식간에 수십만 원이 빠져나간다.

투자는 삶의 방향을 바꿀 수 있다. 시간을 쓰고 돈을 써서 환경을 바꾼다. 그것만으로는 안 되지만, 그것마저 안 하면서 되는 방법도 없다. 촬영용 조명을 사고 마이크를 샀다. 금세 노트북 하드가 꽉 찼다. 외장하드를 사도 잠시뿐, 문제는 해결되지 않았다. 유튜브를 검색해서 해결책을 찾아본다. 유튜브 영상 제작을 유튜브로 배우다니. 유튜브엔 좋은 스승님이 많았다. 모자이크 움직이는 법을 배우고, 자막 넣는 법을 배우고, 색보정을 배웠다.

반드시 알아야 하는 기술은 많지 않았다. 기술보다는 이야기가 중요했다. 그리고 자주 성실하게 올리는 것. 하지만 성실은 기술보다 어렵지. 숙련되지 않은 나는 1분치 영상 편집에 한 시간 이상, 자막까지 다 쓰면 두 시간도 걸렸다. 본업도 있고 야근도 하고 약속도 있고 달리기도 하고 TV도 보고 지금 이렇게 책도 써야 하는데. 유튜브를 하면 책을 못 쓰고, 책을 쓰는 동안에는 유튜브를 못한다. 유튜버로 성공하려면 직장 다니면서는 못할 것 같다. 구독자분들에겐 미안하지만 나는 가끔 올리는 가끔유튜버가 될 수밖에 도리가 없다.

인기 있는 채널로 키우진 못했지만, 앞으로도 못할 것 같지만, 그래도 이렇게 해보는 걸 통해 얻은 것이 있다. 남이 만든 영상을 볼 때 의도와 표현방법을 읽는 능력. 이제부터 보는 영상들은 나에게 다른 해상도로 쌓여갈 테고, 영상으로 말하는 재주를 쌓을 토대가 될 것이다. 이 정도면 투자한 것을 이미 회수하고도 남았다. 장비값을 다 합치면 몇백만 원쯤 되겠지만, 이렇게 해서 얻어낸 새로운 뷰는 앞으로 몇백만 원이 아니라 몇천만 원, 몇억 원 가치의 리워드를 가져올지도.

Lesca Lunetier PICA

눈이 좋을 땐 안경을 쓰고 싶더니,
눈 나빠지니까 벗고 싶고

인간이란 어리석게도 구하기 어려운 것, 자신에게 없는 걸 추구한다. 영양 과잉의 시대가 되니 마른 몸을 아름답다고 하고, 뜨거운 여름에는 눈 내리는 겨울을 그리워하고, 시력 좋은 사람은 안경을 걸치고 싶어 한다. 시력 좋은데 안경 쓰고 싶었던 어리석은 사람, 나의 이야기다.

   나는 어릴 때부터 시력이 참 좋았다. 교실 맨 뒤에서 칠판 옆에 붙여놓은, 깨알같이 쓰여진 국민교육헌장을 읽었다. '우리는 민족중흥의 역사적 사명을 띠고 이 땅에 태어났다. 조상의 빛난 얼을 오늘에 되살려….' 옆에 있던 친구들이 나를 보고 '나도 할 수 있어' 하며 따라 읽어보려 했지만 잘되지 않았다. 으쓱했다. 그게 뭐라고.

하지만 그런 나는 정작 안경 쓴 친구들이 부러웠는데ー그렇지, 안경, 바로 그 안경 때문이었다. 안경 쓴 친구들은 어쩐지 똑똑해 보였다. 집에 와서 철없이 '나도 안경 사주세요' 해봤지만ー정확히는 시력 보호용 안경을 사달라고 했지만ー어림도 없었다. 친구들 중에는 안경을 쓰고 싶어서 일부러 TV를 가까이서 오래 보며 눈 나쁘게 만든다는 애들도 있었는데 성공했는지 어쨌는지는 모르겠다. 그렇게까지 해서라도 쓰고 싶었던 안경.

안경에 대한 열망은 어른이 된다고 줄지 않았다. 아니, 오히려 더 커지는 것 같았다. 안경 써야 할 이유를 하나 더 찾았거든. 안경을 쓰면 똑똑해 보일 뿐 아니라 패셔너블해 보이기도 했던 것이다. 선글라스를 쓰면 '나 멋 좀 부렸어요'라고 하는 것 같은 부끄러움이 있지만 안경은 그냥 '눈이 나빠서 쓴 건데, 멋이 있나요?' 하는 것 같아 조금 나았다. 아니다, 사실 그렇지도 않았다. 막상 안경을 걸치면 무겁고 불편해서 안경알은 빼고 그냥 안경테만 쓰고 싶어졌던 거다. 음, 안경알 없는 안경을 쓴다는 건 처음엔 무척 부끄러웠는데ー나 멋 부렸어요, 하는 것 같아서ー나중엔 그것도 익숙해

163

졌다. 뻔뻔해진 건가? '네, 알 없는 안경 맞아요. 시력은 좋지만 멋 부리려고 썼습니다. 실내에서 선글라스 쓰는 사람도 있는데 뭐 어때요. 그거랑 비슷한 겁니다.'

불편해서 평소엔 잘 안 쓰다가도 강연이나 사진 찍힐 일이 있을 때면 일부러 꺼내 썼다. 그래서 기사에 나온 사진들을 보면 안경 쓴 것이 많다. 그거 다 도수 없는 안경이에요.

작년에 '드디어' 시력이 나빠졌다. 글자가 잘 안 보인다는 느낌이 뭔지 일생 모르고 살았는데, 어느 날 갑자기, 운전을 하는데 앞차의 번호판을 읽을 수 없었다. '응? 무슨 일이지?' 전철역에서 나가는데 저기가 몇 번 출구인지 표지판 숫자가 안 보였다. 이런 일은 처음이라 '눈이 피곤해서 잠깐 그런 거겠지' 생각했지만… 아니었다. 다음 날이 되어도 그다음 주가 되어도 원래대로 돌아오지 않았다. 오히려 더 나빠진 것 같았다. 이게 뭐지? 무슨 일이지? 더럭 겁이 났다. 어렸을 때 그렇게 바라던 일이 일어났는데 하나도 기쁘지 않았다.

온 신경이 눈에 집중됐다. 하루 종일 내 눈은 안 보이는 것만 보았다.

"오늘은 주차장에서 나가려는데 '출구' 표지판 글자가 안 보이더라고!"

호들갑을 떨었다. 시력이 좀 떨어진 것뿐이건만, 아니 이제야 다른 사람들과 비슷한 시력이 된 것뿐이건만 나는 눈이 영영 멀기라도 한 듯 절망적인 기분이었다. 잠시 나빠진 건지, 다시 나아질 수는 없는지. 코로나 백신 후유증 중에 이런 증상도 있다던데, 누구는 시력을 완전히 잃었다던데. 얼마 전에 본 뉴스가 막 과장되게 생각났다. 혹시 내가 그런 거면 어쩌지? 안과에 종합검진 예약을 했다. 확실히 하고 싶었다. '백신 후유증인가요?' 걱정 반 원망 반의 마음으로 의사 선생님께 물었지만 시원한 답을 듣지는 못했다. 알 수 없는 거겠지. 만일 그런 이유였어도 그렇다고 답하기는 어렵겠지. 약간의 노안에 약간의 근시라고 했다. 사실 진짜 이유야 뭐든 간에 노안이라 해도 이상할 나이는 아니다. 그렇다. 나라고 눈이 안 나빠질 리 없고, 이 나이에 노안이면 상당히 오래 건강한 눈을 지킨 편인데, 그런데도 받아들이기가 힘들다. 내가 눈이 나빠졌다고? 하나밖에 없는 아주아주 소중한 것을 잃어버린 기분이었다. 소중한 줄도 모르고 가벼이 여기다 예고도 없이. 다시는 되찾을 수 없을 것이다. 영원히 없어져 버렸다. 가슴이 시큰했다.

안경을 사기로 했다. 위기를 기회로 뒤집을 수 있는 반전의 킥이다. 하나로는 안 된다. 특정 안경테 하나에 인상이 좌우되고 싶진 않았다. 안경은 재킷과 같은 것이다. 매일 같은 재킷을 입을 수도 있고 그런다고 기능적으로 아무런 문제는 없지만, 여유가 있다면 그날그날 장소와 기분에 맞는 여러 벌의 재킷이 있으면 좋으니까. 안경은 재킷이나 모자보다 훨씬 강하게 사람의 인상에 영향을 주는 아이템 아닌가.

멋으로 하나씩 사놓았던 안경테 중에서 몇 개를 골라 안경점에 갔다. 안경알을 맞추기 위해 시력검사를 했다. 검사기에 턱을 올리고 기계 안을 들여다보고 있으니 금세 검사가 끝났다. 오 신기하다, 현대 기술!

좋아 보이는 안경테를 골라 써보기도 했다. 멋으로 잠깐 쓰는 안경과 달리 일상적으로 쓴다고 생각하니 안경 고르는 기준이 달라진다. 쓰고 있다는 걸 잊을 만큼 편해야 한다. 가벼우면서 구조가 좋아야 한다. 가볍다는 건 안경테 자체도 중요하지만 렌즈 크기에도 영향을 크게 받는다. 안경알이 커질수록 무게는 그 제곱으로 늘어난다. 구조적으로도 흔들리지 않고 얼굴에 착 붙어 있어야 하고, 그러면서도 어디가 눌리거나 당겨서 아프거나 피곤하지 않아야 한다. 동양인과 서양인의 두상이 다르니 안경테를 디자인한 사람의 국적에 따라서도 구조에 차이가 있었다. 코받침을 조절할 수 있는 안경은 그나마 좀 덜하지만 코받침이 일체로 되어 있는 뿔테(사실은 아세테이트)는 문제가 된다. 한 번은 프랑스 브랜드 레스카^{Lesca}의 뿔테를 써보는데 안경테가 볼에 닿았다. 선글라스면 그냥 쓸 수도 있겠지만 하루 종일 쓰는 안경이니까, 이건 곤란하다고 생각하고 있는데 안경사님이 제안을 했다.

"안경테를 훼손하는 게 싫으시면 코받침 밑에 뭘 덧댈 수도 있는데요, 아니면 깔끔하게 아예 코받침을 갈아내버리고 이렇게 (금속테 안경처럼) 와이어로 된, 조절 가능한 코받침을 넣을 수도 있어요."

"오, 이런 게 돼요? 신기하다. 좋은데요. 이렇게 해주실 수 있어요?"

"그럼요. 해드릴게요. 요즘엔 처음부터 이렇게 만들어져 나오는 것들도 있어요. 하이브리드죠. 얼굴에 잘 맞아야 하니까."

안경은 왜 선글라스보다 대체로 멋이 없는가. 이제야 깨달음이 온다. 단순히 알이 투명하다 불투명하다는 문제는 아닌 것이다. 안경테는 편한 구조가 우선, 선글라스는 모양이 우선. 이 세계도 본격적으로 입문하려니 알아야 할 게 많았다.

누진다초점렌즈도 해보고, 빛을 받으면 어두워지는 변색렌즈도 해보고, 가벼운 거 무거운 거 싼 거 비싼 거, 1년 사이에 일곱 개의 안경을 맞추면서 안경인으로서 알아야 할 기본 소양을 뒤늦게 채운다.

그래서 안경을 여러 개 가지게 되었는데, 정작 이제는 사진 찍힐 때 안경을 벗는다. 그렇구나. 멋 부리려면 안경을 벗는, 비로소 찐 안경인이 되었구나.

Apple Lightning Cable

좋아하는 브랜드를 말하자면
식상하지만 '애플'입니다

누군가 내게 좋아하는 브랜드를 물을 때, 좀 색다른 브랜드를 이야기하고 싶기도 하지만, 괜찮은 브랜드들도 꽤 많이 있지만, 그래도 할 말이 가장 많은 건 애플이다. 나는 브랜드가 주는 경험, 그 경험을 통해 내 생각이 부서지고 다시 세워지는 그런 걸 좋아하고 소중히 여긴다. 제품을 쓰면서의 경험은 물론 매장에서의 경험이나 제품이 택배로 올 때의 문자 메시지, 택배 포장, 제품 언박싱의 경험, 신제품 발표행사 등 많은 것이 일하는 나에게 레퍼런스가 된다.

나의 첫 애플은 아이팟이었다. 언제였더라 찾아보니 2005

년, 벌써 20년이 다 되어간다. 그전까지는 남의 애플을 보기만 했다. 디자이너들이 쓰는 예쁘고 불편한 컴퓨터 브랜드 정도로 생각했다. 근데 아이팟은 좀 만만했다. 군더더기 없이 단단한 디자인이 마음에 들었고, 무엇보다 손에서의 느낌이 너무 좋았다. 가운데 원형의 다이얼 위에 손가락을 올리고 획획 돌리면 돌리는 속도에 따라 화면에 내가 소장한 앨범 재킷들이 좌라락, 소리도 톡톡톡, 동시에 손에서도 미세하게 다다다 떨리는 느낌이 났다.

아이팟을 들인 후로 하나둘 애플 제품이 늘었다. 아이팟 미니를 샀다. 아이팟터치를 샀다. 기다렸던 아이폰3GS가 나왔다. 줄 서서 샀다. 그러고는 드디어 맥북으로. 맥북을 사니 신세계였다. 아이폰의 세계가 노트북과 연결되었다. 애플워치를 사고 아이패드를 샀더니 세계가 더 확장됐다. 새 아이폰이 나오면 사고, 정품 케이스를 사고, 무선 키보드를 사고, 에어팟을 사고, 새 아이폰이 나와서 또 사고 맥세이프 지갑을 사고, 에어팟 맥스를 사고, 새 아이폰을 사고, 외장배터리를 사고, 최근에는 모니터를 구입했다. 지금껏 사본 것 중 가장 큰 애플이다.

애플을 쓰다 보면 만든 사람들의 생각이 보인다. 라이트닝케이블 이야기를 하고 싶다. 2012년 라이트닝케이블이 나오기 전까지 인류는 USB케이블을 위로 꽂았다 돌려 꽂았다 하느라 잔잔하게 고통받으며 많은 시간을 낭비하고 있었다. 아시다시피 USB단자는 위아래를 구분하기 어려운 직사각형 모양이지만 속을 보면 위아래가 있다. 위아래 반을 갈라 한쪽은 막혀 있고 한쪽은 뚫려 있지. USB를 꽂으면 어떻게 되나. 높은 확률로 안 들어간다. 확률적으로 50%는 한 번에 들어가야 하는데 이상하게도 안 들어가는 확률이 훨씬 높다. (기분 탓입니다.) 이걸 다시 돌려 꽂는 데 낭비되는 시간이 도대체 얼마인가. 한 번에 5초라고만 해도 이걸 하루에 몇 번을 하고, 거기에 USB케이블을 쓰는 인류의 수를 곱하고, 이걸 1년 365일에 다시 10년을 곱하면 한 500만 년쯤 된다. 상상도 할 수 없는 시간이 USB를 꽂는 데 낭비되고 있다. 하지만 이런 시간낭비를 겪으면서도 이것이 개선할 수 있는 문제라고 보지 않았다. 그 불편을 모두가 보면서도 아무도 보고 있지 않았던 것이다. 생각해보면 USB 이전의 케이블도 다 비슷했다. 사다리꼴 모양을 한 것이 많았다. 거꾸로는 절대 들어가지 않도록. 케이블이란 사용하는 사람이 주의 깊게 방향을 살펴서 조심스레 꽂는 것이 당연했다, 라이트닝케이블이 나오기 전까지는.

171

라이트닝케이블을 만든 사람들은 케이블을 반대로 꽂는 사람들의 스트레스와 낭비되는 시간을 보았다. 그래서 위로 꽂아도 되고 아래로 꽂아도 되는 케이블을 만들었다. 기계적으로 볼 때 효율적인 구조는 아니다. 기계의 효율을 버렸더니 인간의 효율을 얻게 됐다. '기계적으론 낭비지만 이렇게 낭비하는 편이 사람에게 편리하고 이롭지 않습니까'라는 문제제기를 누군가 하고, 많은 이들이 공감하고, 스티브 잡스가 오케이하고 그랬다는 거겠지. 이런 생각을 하고 나면 이 단자는 더이상 그냥 물건이 아니다. 기계에 사람을 맞추지 말고 사람에 기계를 맞추자는 정신이 물건으로 구현된 것이다. 그 후로 위아래가 따로 없는 케이블이 업계 표준이 되었다. 이제 사다리꼴 모양의 마이크로USB를 제치고 위아래가 따로 없는 USB C가 새로운 규격이 되고 있다. 이제 사람들은 위아래 구분하는 일로 헤매지 않는다. 애플이 보여준 라이트닝케이블 덕분이다.

맥북의 전원 케이블도 좋아한다. 맥세이프^{Mac-Safe} 전원 케이블. 자석식이어서 맥북에 가까이 가져가면 짤깍 알아서 제자리에 정확히 붙고, 적당한 힘으로 붙어 있어서 톡 당기면 툭 떨어진다. 카페에서 전원을 꽂아 쓰고 있는데 부주의한 누군가가 옆을 지나다가 전원선에 툭 걸린다면? 보통의 전원 케이블이라면 전선이 탁 당겨지면서 노트북도 바닥에 떨어져 구를 것이다. 생각만 해도 무섭네.

그런데 맥세이프 케이블로 연결된 맥북이라면 누가 선에 걸려도 전원 케이블만 툭 떨어진다. 욕조 물이 넘치는 걸 보고 '유레카'를 외친 누구처럼, 전원 케이블과 함께 구르는 노트북을 보고 누군가는 생각했을 것이다. (그저 상상입니다만, 이렇게 상상하는 일은 창의적 사고에도 이로우니까요.) 사람들이 노트북으로 뭘 하는지, 어디서 쓰는지, 어떤 불편을 느끼는지 관찰하고, 쓰는 사람조차 모르는 불편함을 캐치하고, 용감하게 바꾼다. 콜럼버스의 달걀처럼, 바꾸고 나면 그게 너무 당연해진다. 왜 여태까지는 하지 않았을까.

남들이 하던 대로 따라 하지 않고 다시 보고 관찰하고 발견하고 개선하는 일, 해보고 나아지게 하는 일, 지금껏 불편한 줄도 몰랐던 것들을 찾아 더 나아지게 하는 일. 애플로부터 그런 생각을 배운다. 애플이 발표회를 하면 풀버전 영상을 보며 그들의 생각을 듣는다. 신제품이 나오면 제품을 사서 써보며 그 생각을 체험하고 체화한다. 내가 어떤 좋은 생각을 했다면 그 일부는 늘 애플 덕이다.

때로 '브랜딩하는 장인성 님은 어떤 브랜드를 좋아하냐'
는 질문을 받으면, 식상하게도 애플이라고 대답한다. 이렇게
길게 말하지는 못하고.

Both High-top Sneakers
(신발 많은데 또) 사는 이유

최근 제주에 유동룡미술관이 생겼다. '이타미 준'이라 불리운 건축가를 기리는 곳이다. 평소 관심 있고 좋아하던 건축가여서 어쩔 수 없이(?) 큰 기대를 안고 갔는데, 보통 기대가 크면 만족하지 못하는 경우가 많지 않은가, 그런데도 좋았다. 방주교회나 수풍석미술관, 포도호텔처럼 알려진 작품들도 물론 좋지만 건축가로 일을 시작하는 시기에 지은 어머니의 집 등 잘 알려지지 않은 집들에 담긴 마음과 생각이 참 좋았다.

전시의 마지막 부분, 아트숍의 한구석에는 그가 설계한 의자가 놓여 있었다. 건축은 건물을 짓는 것으로 끝나지 않는다. 사람이 들어가서 생활하고 이용하는 걸로 완성된다. 건축과 사람 사이에는 가구가 있다. 가구 중에도 건축가들이 가장 관심 있어 하는 것은 의자다. 많은 건축가가 의자를 남겼다. 르 코르뷔지에도 아이코닉한 의자를 남겼고—스티브 잡스 의자로 유명한 그거—미스 반 데어 로에도, 임스 부부도 자신들의 의자를 남겼다.

　의자라는 물건, 참 흥미롭다. 의자의 본질은 앉는 것이다. 사람은 편하려고 앉는다. 자신의 체중을 모두 의자에 맡긴다. 앉는 순간에는 체중의 몇 배에 달하는 하중이 의자에 가해진다. 그래서 의자는 필연적으로 구조가 안정적이어야 한다. 수없이 앉았다 일어나도 망가지지 않아야 하는 건 기본이다. 그 시대의 제작기술과 소재가 그 한계가 된다. 게다가 편해야 한다. 잠깐 앉아서 밥 먹는 의자든 오래 앉아서 일하는 의자든 목적에 맞는 편안함이 있다. 그리고 보기에도 좋아야 한다. 놓여 있는 공간과 어울리고 쓰는 사람과도 어울려야 한다. 마지막으로, 소비될 수 있는 합리적인 가격까지. 이런 제약들 위에 의자는 설계되고 만들어진다. 한계를 마주하고 극복하면서 발휘되는 디자이너의 창의성을 의자를 통해 읽는다. 눈을 뗄 수 없고 생각을 멈출 수가 없다.

의자를 좋아하듯 신발을 좋아한다. 신발과 의자는 뜻밖에 비슷한 면이 많은데, 신발의 디자인과 제작에 따르는 제약 역시 의자의 그것에 뒤지지 않는다. 신발도 의자와 마찬가지로, 예쁘기만 해서는 안 된다. 예뻐야 선택되겠지만 그 전에 만족시킬 제약조건들이 있다. 이 작은 신발도 구조의 제약 위에서 아름다움을 추구한다. 신발 역시 한 사람의 모든 체중을 감당한다. 뛰기라도 한다면 착지하는 순간에는 체중의 몇 배 무게를 받아내야 한다. 걸음마다 움직이고 비틀린다. 다양한 지면에서 미끄러지지 않아야 한다. 수없이 발걸음을 떼도, 걷거나 뛰어도, 눈비에 좀 젖어도 망가지지 않아야 하는 것 역시 기본이다. 제작기술과 소재의 발전에 따라 신발이 달라지는 것도 재미있다. (컨버스, 지금은 불편한데 예뻐서 신는 신발이지만 처음 나왔을 때에는 농구화였던 것처럼.) 예식을 하든 마라톤을 하든 물놀이를 하든 군사작전을 하든 각자의 목적에 맞는 편안함이 있어야 한다. 이런 구조적 제약에 더해, 색상과 무드가 오늘의 패션과 기분에 맞아야 하고, 그 사람다우면 더 좋다. 평범한 게 좋을 때도, 남다르게 특별하고 싶을 때도 있다. 이렇게나 많은 제약을 뚫고 여태껏 본 적 없는 창의와 위트를 보여주는 새 신발을 보면 나는 또 눈을 뗄 수가 없다. 신발에 한번 꽂히고 나니 어디를 가나 신발만 보였다. 보아도 보아도 지루할 틈이 없다. 지금 이 시간에도 또 어느 디자이너는 이런 제약의 틈을 뚫고 기능적으로도 미적으로도 훌륭한 신발을 만들어내고 있다.

신발이 의자보다 멋진 점은 사면서 부담이 덜하다는 것. 보통은 의자보다 저렴해서 상대적으로 부담 없이 살 수 있고, 또 여러 켤레 사도 공간을 많이 차지하지 않는다. 신발 많은데 또 사? 고민하고 외면도 해보지만 그러면서도 못 이기는 척 하나둘 들이다 보니 어느새 신발장이 꽉 차버렸다. 이렇게는 안 되겠다. 신발을 더 사려면 잘 안 신는 신발을 하나 처분해! 단단히 마음먹고 신발장을 열어본다. '이거 안 신잖아, 처분할까?' 하얀색 하이탑 스니커즈. 꺼내보니 고무 부분이 누렇게 바랬다. '근데 이건 좀 특별하니까' 하며 다시 넣는다. 다시 넣어놓아도 신지는 않을 것 같다. 그런데 왜 못 버리는 거야? 신을 것도 아닌데. 신지 않는 신발은 왜 가지고 있는가. 이 신발 안에 들어 있는—들어 있다고 믿는—창의를 소유하고 싶은 건가. 무게가 있고 만져지는 물체 안에 영혼처럼 들어 있는 창의. 그런 거라면 이제 이 책에 그 창의를 옮겨 담고 신발은 처분해야겠다.

그래도 처분하지 못할 것 같은 신발, Both High-top Sneakers, 갤러리 라파예뜨
샹젤리제에서 구입

파리의 백화점에서 우연히 발견한 신발. 살까 말까 망설였지
만 파리에 자주 오진 않으니 그냥 살 수밖에 없었다. 이 신발
은 신발끈 없이 지퍼로 여닫는 방식이지만 신발끈 모양이 선
명하다. 고무로 신발끈 모양을 냈다. 기능이 없는 형태. 그래
서 이것은 순수한 장식이 된다. 신발에 장식을 꼭 해야 한다
면 신발끈 모양으로 하겠다는 패기, 그 위트, 내가 가져간다.
사놓고 아까워서 잘 안 신었는데, 안 신는 동안 고무색이 바
래버렸다.

역시 신지 않고 기념으로 갖고 있을 신발, Nike Flyknit Racer, 나이키 도쿄 하라주쿠점에서 구입

러닝화. 나이키가 어퍼(신발 윗부분)에 신소재 플라이니트를 쓴 첫 작품이다. 천이나 가죽을 오려서 붙이는 방식에서 벗어나 실로 짜서 입체를 구현한다. 자투리로 버려지는 소재가 없고, 이음매가 없어서 가볍고 매끈하다. 신발 안에 불필요한 마찰도 없다. 전에 없는 방식으로 이뤄내는 진보, 이 신발 안에 든 '혁신'을 가까이 두고 만지고 싶었다. 매장에 가보니 내 사이즈는 이미 품절이었지만 그래도 하나 갖고 싶어서 한 사이즈 작은 걸로 샀다. 역시나였다. 이걸 신고 조금만 오래 달리면 발가락이 좀 아프다. 이제 실착은 하지 않고 책장에 올려놓고 구경만 한다.

Flensted Mobiles

창의노동자에게는
멍이 필요하다

우리는 때때로 혹은 자주, 쉬는 것을 제대로 하지 못한다. 나역시도 그렇다. 업무시간에는 모니터를 보며 여러 자료를 보고 의견을 듣고 해결책을 제안한다. 저녁에는 글을 쓴다. 그때마다 몸에서 움직이는 건 오직 손가락뿐, 일은 대부분 머리로 한다. 몸으로 일하고 나면 몸을, 머리로 일하고 나면 머리를 쉬어야 할 텐데 왜 나는 쉰다면서 인스타를 들여다보고 머리에 자극을 계속 주는 것일까.

창의노동자는 머리를 쉬어야 하지만, 아무 도움 없이 무념무상으로 머리를 쉬기란 결코 쉽지 않다. 머리를 쉬고 싶을 때 나는 달리기를 한다. 가만있던 몸이 달리고, 달리던 뇌는 쉰다. 달리는 동안은 오직 달리는 순간, 지금밖에 없다. 숨은 편안한지, 몸은 가벼운지 살핀다. 운동화와 바닥이 닿으면서 나는 소리와 나의 숨소리를 듣는다. 요 앞에서 왼쪽 길로 갈까 오른쪽 길로 돌아갈까 생각한다. 큰 나무를 보며 참 멋있다고 생각한다. 한강 너머 반짝이는 불빛이 아름답다고 생각한다. 생각은 그뿐. 여름엔 덥고 겨울엔 춥다. 땀을 흘리면 기분이 좋다. 힘을 썼는데 힘이 난다. 달리기는 '지금' '여기' '나'에 집중하는, 내가 아는 가장 좋은 방법이다.

일요일 아침, 달리기를 마치고 샤워를 하고 글을 쓰려고 앉았는데 창으로 새소리가 들어온다. 고개를 들어 창밖을 본다. 마당의 먼나무 가지가 흔들린다. 새 한 마리가 앉아 빨간 열매를 쪼아먹고 있다. 새는 바쁘게 움직이고 나뭇가지는 흔들린다. 새소리가 들린다. 청량한 소리. 몇 분째 쳐다보고 있다. 마음이 편안하다. 하염없이 보고 있어도 질리지 않을 것 같다. 조금 전과 다름없이 그 자리 그대로 쪼아먹고 흔들리는 것 같지만 단 한 순간도 같은 모습이 없다. 모든 순간 다르면서도 계속 같은 모습이다.

갑자기 그때가 생각난다. 며칠째 야근하다가 모처럼 일찍 퇴근한 어느 날, 집에 오는 길에 한강공원에 차를 멈추고 러닝을 한 후 벤치에 앉아 잠시 숨을 고르는데 눈앞에서 바람에 하늘거리던 갈대인지 억새인지 모를 긴 풀의 느린 흔들림. 그 모습에 나도 모르게 마음을 뺏겨 멍하니 보고 있었다. 바람이 불고 풀은 자란다. 사람은 뛰고 풀은 흔들린다. 이런 당연한 것들이 새삼 감격스러웠다.

뜻밖의 순간에 나타나 시선을 빼앗는 것, 멍하니 보고 있다 보면 마음이 채워지고 힘이 나는 것들이 있다. 흐르는 물에 우리는 마음을 빼앗긴다. 파도가 들이치고 물러나는 모습을 넋 놓고 바라본다. 바람에 흔들리는 나뭇잎, 나무 그늘의 흔들림, 타오르는 장작불, 난롯불, 촛불도 언제까지고 볼 수 있다. 물, 불, 바람 같은 것들, 리을(ㄹ)이 들어가는 자연은 멍의 샘이다. 멍의 샘은 자연에만 있는 것도 아니다. 차멍도 있지. 높은 빌딩 창문 밖으로 멀리 보이는, 찻길 위를 달리는 자동차들의 행렬. 특히나 강변북로처럼 신호등 없는 길이면 더 좋다. 한 시간도 보고 있을 수 있다.

여기엔 어떤 공통점이 있다. 짧게 보면 불규칙적, 길게 보면 규칙적이라는 것. 시시각각 모습을 바꾸는 것 같지만 긴 틀 안에서는 변하지 않는 것. 새소리가 그렇고 흔들리는 나뭇잎이 그렇고 파도의 일렁임이 그렇다. 규칙적인 불규칙,

아니 불규칙한 규칙인 걸까.

한강에 앉아 있으면 좋은 건, 캠핑을 하면 좋은 건 물 불 바람이 있기 때문. 그렇다면 우리가 오랜 시간 머무는 곳, 바람도 불지 않고 나무도 없고 물도 흐르지 않는 실내에 멍을 가져오려면 어떻게 해야 할까. 자연물은 아닌데 스스로 계속 모습을 바꾸면서도 늘 그대로인 것은 없을까? 모빌이 있다! 밀폐된 방 작은 공기의 흐름에도 불규칙적으로 정해진 궤도를 움직이는 것. 인공물이면서 자연물의 움직임을 따르는 것. 모빌의 쓸모가 이런 거였구나? 아하! 하고 박수를 쳤다. '모빌', 네이버쇼핑 검색을 해본다. 쇼핑리스트를 한참 넘겨본다. 아기용 모빌이 주르륵 나온다. '플렌스테드 모빌', 검색어를 바꾸어 다시 찾아본다. 천사도 있고 고양이도 있고 새도 토끼도 나뭇잎도 있고 우주도 있다. 차가운 도형도 있고 폭신한 구름도 있다. 이것도 좋고 저것도 좋다. 뭐 하나를 고르기가 어렵다.

앰비언트^{Ambient} 음악도 같은 맥락이네. 예전에도 존재는 알았고 시도도 했지만 '이런 난해하고 지루한 음악을 누가 들어?' 하면서 금방 꺼버렸던 나. 멍에 대해 생각하다 문득

떠올라 스포티파이를 열고 앰비언트 플레이리스트 가운데 왠지 맘에 드는 걸 골라 틀어보았다. 오! 제법 좋은데! 전개를 예측할 수 없고, 선명한 멜로디 라인은 커녕 주의력을 뺏는 강렬한 포인트도 없이—이런 면에서 수능금지곡들과 대척점에 있다—모습을 바꾸며 계속 흘러간다. 물처럼, 바람처럼. 이건 감상하는 음악이 아니라 배경에 존재시키는 음악이

구나. 그래서 앰비언트*구나. 없는 것 같은 음악인데 없는 것
과는 확연히 다르다. 짧은 시간에는 분명한 소리들이 모여,
긴 시간으로는 기억하기 어려운 전개를 이루는 것이 멍의 형
태를 닮아 있다. 그래서 앰비언트 곡들은 제목도 모르겠고
특별히 좋아하는 곡도 없이 그냥 남이 골라준 플레이리스트
로만 듣고 있다. 아니, 듣는다기보다 그저 이 공간 안에 바람
처럼 자연스럽게 흐르게 둔다.

이런 환경^{ambient} 안에서 이 글은 쓰여지고 있다.

---

*   ambient   1. 형용사. 주위[주변]의 환경의   2. 형용사. 잔잔한, 은은한

1 Hour Coupon

어느 시간강박증 환자의 고백

〈환승연애〉 재미있다는데, 나도 보고 싶은데 시간이 없다. 사실 시간이 진짜 없지는 않다. 하고 싶은 게 많다. 다른 재밌다는 넷플릭스 오리지널 시리즈들도 궁금하다. 유튜브에서 뉴진스 영상만 찾아보며 몇 시간 보내고 싶다. 어제 만난 분들이 이런저런 만화 이야기를 했는데 재밌을 것 같았다. 나도 그 만화책들 보고 싶다. 만화책을 본다는 건 꽤 많은 시간이 드는 일이다.

서핑을 잘하고 싶다. 발리에 석 달쯤 살면서 내내 타면 어느 정도 탈 수 있을 것 같은데. 회사원인 내가 석 달을 쉬기는 어려운데 마침 내년에 장기근속 휴가로 한 달을 쉴 수 있게 된다. 그 한 달 동안 무엇을 할까 즐거운 고민이다. 돌로미티를 걸어볼까. 발리에 머물며 서핑을 할까. 스킨스쿠버도 하고 싶다. 아, 바다수영 1.5km 달성을 아직 못했다. 쉬지 않고 1.5km 수영을 할 수 있게 되면 철인3종을 하고 싶다. 시간을 낼 수 있으면 수영을 배워야겠다고 생각하지만 실제 시간이 나면 더 급하고 바쁜 일을 한다. 우선순위에서 늘 밀린다.

올해는 10월 초에 트레일러닝 대회에 나간다. 넉 달쯤 남았다. 성실한 연습이 필요하다. 무리가 되지 않게 기초체력을 다져놓지 않으면 다친다. 사실은 기록을 더 올리고 싶다. 사놓고 읽지 못한 책들이 쌓이고 있다. 만나자고 말만 해놓고 시간을 정하지 못한 약속이 쌓이고 있다. 가죽공예를 배우고 싶다. 사진 찍으러 다니고 싶다. 캠핑 가고 싶다. 지리산 가고 싶다.

답답한 마음에 요 며칠은 '나 시간 좀 사려고 이베이 매복 중이잖아'라고 농담을 하고 다녔다. 살 수 있다면 진심으로 사고 싶다. 세상에는 시간 안 가는 게 지루해서 킬링타임을 하는 사람들도 있다던데. '킬링타임'이라니, 그럴 시간 있으면 내게 좀 팔아줬으면 좋겠다. 시간 삽니다— 남는 시간 파세요— 비싸게 삽니다— 당근 하세요— 크림 하세요—

지난주에는 한 온라인클래스의 대표님을 만났다. 브랜딩 강의 콘텐츠를 같이 만들자는 제안이었는데, 별수 없이 거절했다.

"그래도 한번 만들어두시면 참 좋을 텐데."

"그죠. 다 만들어진 결과를 상상하면 참 좋겠다 싶긴 한데, 하면 잘해야 하고, 그러려면 이것도 거의 책 한 권 쓰는 것만큼의 공력을 쏟아야 할 것 같아서요."

"그건 저희가 같이 이야기하면서 강의 구성하시는 데 도움 드릴게요."

"아… 죄송합니다. 그래도 제가 시간이 없어요. 아니 시간이 없다기보다는…."

"보다는?"

"하고 싶은 게 많아서 그렇죠, 뭐. 지난번에 책 쓸 때 가장 힘들었던 게 뭔지 아세요? 쓰는 몇 달 동안은 여가시간이 생겨도 다른 걸 하나도 할 수 없다는 거. 보고 싶은 영화 한 편도 볼 수가 없더라고요. 두 시간이라도 짬이 나면 원고를 한 페이지 더 써야지… 하면서. 저는 하고 싶은 게 많거든요. 수영도 하고 싶고, 아, 할 줄은 아는데 배우다 말았어요. 철인3종도 해보고 싶은데. 유튜브도 하고 싶고."

"아 맞다, 유튜브. 요즘 왜 잘 안 하세요?"

"그쵸, 하고 싶은데, 새로운 영상 만들고 싶은데, 만들 시간이 없어요. 제가 아직 편집 툴에 익숙하지 않아서 편집하는 데 오래 걸리거든요. 하고 싶은 이야기도 많아요, 찍는 것도 금방 하고. 근데 편집에 시간이 많이 걸려요."

"얼마나요?"

"영상 1분 나오는데 한 시간? 아니 두 시간 더 걸리나? 손이 느려서. 아직 익숙하지 않아서 그렇죠. 그러니까 10분짜리 영상은 최소 열 몇 시간 편집했다고 보시면 돼요."

"아⋯."

"그림도 배우고 싶은데. 맞아, 대표님 서비스 중에 드로잉 클래스 있잖아요, 들을까 말까 하면서 즐겨찾기 해놓은 거 몇 개 있어요."

"아, 제가 수강권 드릴게요. 이걸로 수강하시면 돼요."

"오— 이게 뭐예요?"

봉투에서 꺼내본다. 10만 원짜리 수강 할인권이다.

"고맙습니다. 근데 사실 아직 드로잉 클래스 시작을 못하는 게 비싸서는 아니고, 막상 하려니까 시간이⋯ 시간이 없는 거예요. 내가 그림 그리는 데 시간을 쓸 수 있나? 하려면야 할 수 있겠지만 다른 걸 안 해야 돼. 이게 참 심적으로⋯ 마음이 쫄려서 그러는 것 같아요."

"실제로는 그렇게까지 바쁘지는 않은데?"

"실제로도 바쁘죠. 시간이 없어요. 할인 쿠폰 말고 하루의 시간을 늘려주는 쿠폰 같은 거 주시면 좋겠어요. 1시간 쿠폰, 2시간 쿠폰 이런 거. 1시간 쿠폰 쓰면 하루가 25시간이 되는 거죠. 그럼 연습 1시간을 해도 시간이 안 가 있어, 그대로야, 그런 거."

"오, 재밌는데요."

"그쵸. 1시간 쿠폰 같은 거 있음 좋겠다, 진심. 돈 주고 살 수도 있고. 그럼 저 같은 사람은 좀 살 텐데."

"아! 맞아, 〈해리포터〉 아시죠?"

"잘은 모르지만 알긴 알죠. 근데 몇 개 안 봤어요. 저는 〈반지의 제왕〉 취향."

"저는 어릴 때부터 〈해리포터〉 좋아해서. 거기에 헤르미온느가 가진 모래시계 목걸이가 있어요. 타임터너라는 건데 시간을 돌리는 능력이 있거든요. 이것 좀 보세요. (검색해서 이미지를 찾아 보여준다.) 그걸로 헤르미온느가 시간을 돌리면서 강의를 다 들어요. 동시에 열리는 강의를 들을 수 있는 거죠. 이 강의 끝나면 시간을 다시 거꾸로 돌려서 저 강의를 듣고."

"와, 재밌다."

"그쵸. 저 이거 너무 좋아해서 샀잖아요."

"네? 샀다고요?"

"네네, 굿즈로 팔더라고요."

"타임터너를?"

"하하하, 아니, 타임터너처럼 생긴 목걸이요. 책상 위에 두고 매일 봐요. 바쁠 때는 더 쳐다보고. 어쩐지 집중력이 생기는 것 같달까요. 나중에는 그걸 타투로 해볼까 싶어요."

"오, 좋다. 시간을 돌리는 타임터너를 언제나 지니고 있다."

"응응ー 그런 마음이요."

"오오ー 좋다좋다. 좋은데요?"

"그쵸, 하하."

"그러네요. 근데 대표님, 사실… 제가 이렇게 계속 이야기하니까 진짜 바쁘고 막 시간미친놈 같고 그런데, 그렇게까지는 아니고요. 요즘은 좀 괜찮아요. 괜찮으니까 오늘 여기 나와서 대표님도 만나고 이런 이야기도 하죠. 진짜 바쁠 때는 이런 생각도 못했어요. 나한테 10분만 더 있었으면 할 수 있는데 그걸 못 해서, 메일 잠깐 읽을 틈이 없어서, 만나기 전에 미리 읽고 가야지 했는데 그거 잠깐 볼 틈이 없어서 그런 거 있잖아요. 해야 할 일이 너무 많은데, 나는 쫓기는 마음으로 뛰고 있는데, 그러느라 놓치는 일이 있다는 걸 알고 그게 중요하다는 것도 아는데, 뻔히 알면서도 못하는 거예요. 더 중요하고 더 급한 일 하느라고. 그럴 땐 시간이 너무 없고 바쁘니까 한가한 사람들을 보면 막 짜증이 나는 거야. 운전하는데 앞차가 천천히 가면 '저 사람은 대체 어떤 삶을 살길래 저렇게 천천히 가. 저렇게 한가하게 살아도 인생 살아져?' 하고요. 정신없이 바쁘게 사는 나한테 짜증이 나는 건데 그걸 밖으로 돌리는 거죠. 미팅과 미팅이 연달아 있어서 생각을 정리할 틈도 없이 계속 뛰어다니고, 앞선 미팅이 조금이라도 늦게 끝나면 다음 미팅에 늦고, 이렇게 뛰어다니면서도 늦는 나를 기다린 사람들에게 미안해지고 말이죠. 멱살 잡혀서 이리저리 끌려다니는 느낌이에요. 그런 날은 집에 오면 탈진 상태가 되잖아요. 근데 그런 날일수록 쉴 수가 없어. 미팅하느라 메일 업무를 못 봤거든. 탈탈 털린 정신으로 메일함 열어서, 그때부터 하루 내내 끌려다니느라 못 본 메일 업무를 시작하고."

"맞아요. 그런 날 있죠. 너무해."

"나 진짜 짜증 나는 말이 있어요."

"뭔데요?"

"인사드리러 간다는 말이요."

"아…."

"나는 시간이 가장 소중한 자산인데. 인사드리러 간다는
게 사실은 '시간을 내달라'는 요청이잖아요. 근데 그 요청을
마치 자기가 뭘 주는 것처럼 표현하는 거예요. 인사를 드린
다니요. 그럼 제가 인사를 받는다는 건데, 그게 왜 제가 받는
거예요? 내가 인사를 '받는' 게 아니라 제 시간을 '주는' 거
죠. 주고받는 관계가 틀렸잖아요. 나는 모르는 사람한테 인
사받는 데 내 귀한 시간을 쓰고 싶지 않은데. 무슨 용무인지
말을 해달라고요. 그럼 내가 시간을 쓸지 말지 결정할 수 있
잖아. 이런 분들은 용건도 이야기 안 해. 그냥 인사드리러 간
대요. 용건을 숨긴 채로 시간만 내달라고 하면 나는 어떡해.
'인사는 사양합니다'라고 하기는 애매하잖아요. '인사 안 받
아요' 하면 비상식적인 사람 같고. 사양할 말을 잘 만들어야
돼. '인사드리러 간다'는 말은 속임수예요, 사람을 난처하게
만드는 말이에요. 아 물론 그렇게까지 나쁜 의도를 갖고 말
했을 거라고 생각하진 않지만, 그래도 들으면 짜증이 나요.
나는 바쁜데 이 사람은 한가하구나. 한가하니까 '인사드리
러' 다닐 수도 있구나. 내 일상은 일 초 일 초를 다투는 전쟁
터인데…."

"아, 그건 너무 심하시다."

"그쵸, 대표님 말이 맞아요. 사실 그분들이 악의가 있는 것도 아니고, 자기 일 바쁘게 열심히 하는 중이라는 것도, '인사드린다'는 말도 나름 신경써서 골랐을 거라는 것도 아는데, 요즘같이 시간이 모자라서 신경이 예민할 때는 생각이 제대로 안 돌아가요. 정신상태가 건강하지 않은가 봐요."

"하하, 저는 인사드리러 온다고 하지 않아서 다행이네요. 하마터면 저도 잘릴 뻔⋯."

"아, 아니, 아니에요, 아니에요. 아이고, 이런 말하면 진짜 괜찮은 사람들이, 멀쩡한 사람들이 찔려한다니까. 대표님이 귀한 시간 내서 일부러 찾아와 주셔서 저도 좋은 이야기 나누고 좋았지요. 즐거웠습니다. 고마워요."

"네, 저도요. 고맙습니다. 수강권 보내드릴게요."

"네, 고맙습니다. 수강권과 함께 시간도 1시간 보내주시면, 하하."

"네, 1시간 쿠폰 하하, 구해볼게요. 그럼 안녕히 가세요."

"네네, 또 뵈어요."

다음 날.

SNS를 넘겨보는데 타임터너 목걸이 광고가 나왔다.

오, 그거다.

어제 말했던 거.

광고다.

신기하네.

…응?

"여보, 이거 봐."

"뭔데?"

"이 광고."

"목걸이야?"

"응. 근데 나 검색 안 했거든."

"무슨 검색?"

"안 했는데~ 분명히."

"뭔데~"

"어제 누굴 만나서 이야기하다가 타임터너 이야길 했거든."

"그게 뭔데."

"이거. 그러니까 〈해리포터〉에… 아니, 지금 그게 중요한 건 아니고, 여튼 타임터너라는 목걸이 이야길 했는데. 나 검색 안 했거든? 근데 오늘 이게 내 인스타 광고에 뜬 거야."

"아~! 그런 거~ 요즘 SNS 광고 너무하다고 많이 듣긴 했는데, 나도 좀 이상하다 싶었거든. 아이폰, 진짜로 내 목소리 듣고 있는 거야? 진짜 기분 별로다."

"내가 어제 검색을 했나? 아닌데. 같이 이야기하던 대표님이 검색했지 나는 안 했어."

"녹음하고 분석하고 광고에까지 활용한다는 거네. 와, 무섭다."

"그러네. 근데 무섭고 싫긴 한데, 또 결과만 놓고 보면 괜찮기도 하고. 내가 관심 있는 물건이 여기 있다고 알려주는 건데, 그럼 좋은 건가?"

"좋긴 뭐가 좋아. 그럼 여보는 앱 설치할 때 맞춤형광고 같은 거 물어보면 다 허용해?"

"응. 허용하든 안 하든 광고는 어차피 나오는 건데, 기왕이면 나랑 상관 있는 광고가 뜨는 게 낫지 않아? 타임터너 목걸이처럼. 이거 사고 싶은데?"

"난 싫어. 내 정보를 지들이 왜 봐. 내가 뭘 보는지, 내가 친구들이랑 무슨 이야길 하는지 다 듣는다는 건데. 어휴ー"

"그건 맞아. 내 말을 듣고 있다고 생각하면 그건 좀 끔찍하네. 어떻게 좀 안 되나?"

"그게 제도지. 제도적으로 보완이 돼야 해. 누가 제재 안 하나?"

사실 기술의 진보는 제도 같은 것으로 막을 수 없다. 사람들이 무서워해도 AI는 계속 발전하고, 하지 말라고 해도 배아복제는 계속될 것이다. 제도는 사람들을 보호하고, 기술은 계속 앞으로 갈 뿐이다.

사람들은 때때로 기술적 진보에 거부감을 느낀다. 내 존재를 위협하는 것에 대한 본능이다. 나보다 더 잘하고 더 빠르고 더 세고. 내가 질 수도 있구나, 내가 대체될 수도 있구나 하는 두려움. 200여 년 전 직조공들은 방직기계를 망가뜨리며 기계파괴운동을 벌였다. 그러면 실로부터 천 짜는 일을 지금도 앞으로도 사람 손으로 하는 게 옳은 일이었을까? 지금은 아무도 그렇게 생각하지 않지만 기계를 처음 본 사람들은 분노했다. 두려웠을 것이다. 그땐 그랬을 것이다. 그런 일은 지금도 계속 일어나고 있다. 알파고가 이세돌을 이기자 많은 사람들이 알 수 없는 패배감을 느꼈던 일, AI 일러스트레이터가 활약하는 시대, 반대하는 사람들의 뜻이 모이면 이미징 기술 개발을 막을 수 있을까?

기술은 새로운 가능성의 문을 연다. 어떤 직업은 사라지고, 없었던 직업이 새로 생긴다. 요즘 없어서 못 뽑는 귀한 개발자도 비교적 최근에 생긴 직업이다. 직업이 새로 생기는 게 이상하지 않은 것만큼이나 어떤 직업이 없어지는 것도 이상하지는 않다. 아쉬울 수는 있지만 잘못된 일은 아니다. 어떤 변화는 좋을 수도, 싫을 수도 있다. 진보를 싫어할 수는 있지만 진보를 막을 수는 없다. 마치 계절이 바뀌는 것과도 같다. 우리가 선택할 수 있는 것은 그냥 모르고 있거나, 아니면 싫어하는 게 오는 걸 보고 있거나, 아니면 변화를 이해하고 할 일을 하는 것.

"사람들이 원하고 상상하는 건 어느새 실현되는 것 같아. 하늘을 날고 싶다거나, 오래 살고 싶다거나, 알약 하나만 먹고도 배 안 고프면 좋겠다든가."

"배고프지 않은 약? 이미 그런 게 있어?"

"있지 않나? 하루치 영양 공급이 다 된다든가."

"그런가? 그럼 시간도 그렇게 될 수 있나?"

"시간?"

"응, 한 시간만 더 있으면 좋겠다든가."

"아아— 그러네. 오래전부터 사람들이 원하던 거니까."

"그치, 다들 그런 생각 해봤을 거 아냐."

"누가 진짜 만들면 부자 되겠다."

"시간을 산다, 좋네. 누가 나한테 시간 좀 팔아줬으면."
"그거 테드 창 소설 같고 좋네—"

생각난 김에 저녁에는 테드 창을 읽었다. 나는 Science Fiction, SF를 좋아한다. 실제로는 없는 상황설정, 비현실적인 상황을 두고 벌어지는 사람들의 이야기가 역설적으로 현실감 넘치기 때문에. 세상에는 현실을 배경으로 하지만 현실감이 없고 가짜 같은 이야기도 많지 않은가. 그런 이야기들보다야 시간여행을 하는 사람들의 현실감 있는 고민 쪽이 훨씬 흥미롭다. 그게 진짜니까. 가짜 설정이 사람 이야기를 더 진짜같이 만든다. 과거의 어느 시점으로 돌아갈 수 있다면 나는 다시 뭘 어떻게 할 수 있을까, 그런다면 지금의 우리는 더 좋아졌을까, 그런 이야기들.

띵—!
"와, 이제 광고가 문자로도 오네. 지겹다. 와— 이거 봐. 아이폰이 내 말 들은 거 맞지?"

〔Web발신〕
(광고)25Hours.ga.za

시간 없다는 핑계는 이제 그만!

시간을 사면 하루가 여유로워집니다.

중요한 일을 하느라 매일 야근하는 분들,

시험 준비로 1시간만 더 있으면 좋겠다 생각하셨던 분들,

당신의 1시간은 얼마입니까?

25Hours는 시간을 팝니다.

시간은 금! 금보다 싸다!!

오픈 특가 1시간 5만 원

신규 회원 1시간 무.료 체.험 쿠.폰 제.공

당신의 경쟁자는 이미 '25Hour'를 이용해서 앞서가고 있습니
다.

클릭 후 무.료 입.장

https://bit.ly/3uX9sRV

입장비번 : 555111

무.료 수.신 거.부

0808553987

"미쳤다, 와—"

"이런 거 함부로 눌러보면 안 돼. 다 피싱인 거 알지?"

　나는 게임을 하지 않는다. 사실은 하고 싶다. 재밌지. 소년 시절 나는 학교 끝나고 집에 오는 길에 때때로 전자오락실에 갔다, 부모님 몰래. 들키면 큰일나는 줄 알았다. 오락실에 가도 돈이 없어서 구경만 했다. 구경만 해도 재미있었다. 시간 가는 줄 몰랐다. 오락기 위에 백 원짜리를 쌓아놓고 하는 친구들, 형들이 부러웠다. 나도 잘할 수 있는데. 가끔씩 오백 원 천 원쯤 생겨서 오락기에 동전을 넣어볼 때면 가능한 오래 할 수 있는 게임을 했다. 테트리스, 1942 같은 거. 남들처럼 격투기도 하고 싶었지만 격투기로는 오래 놀 수 없었다. 세월이 흘러 어른이 된 나는 게임기를 살 수도 있지만 이제 시간이 없다. 아니다, 시간이 없는 게 아니다. 시간을 써야 하는 다른 일들에 게임이 밀리는 거지. 시간이 많다면, 킬링타임 같은 걸 할 기회가 주어진다면 나도 게임을 하고 싶다. 나는 드라마도 좋아한다. 연애 드라마가 특히 좋다. 보면서 잘 운다. 하지만 드라마보다는 영화가 더 좋다. 영화는 두 시간이면 끝난다. 드라마는 한 작품 보려면 10시간, 20시간씩 든다. 돈보다 귀한 시간이. 20시간이면 돈으로는 얼마라고 계산하면 좋을까? 한 시간에 (최저시급으로 쳐서) 단돈 1만 원이라 쳐도 20시간이면 20만 원이다. 〈환승연애〉 나도 좀 볼까 계산해보니 20화를 다 보면 50만 원도 넘던걸. 이런 건 볼 수가 없다. 심호흡을 크게 두 번 해봐도 안 된다. 내겐 그 무엇보다도 비싼 프로다.

"심심풀이란 말 진짜 짜증 나지 않아?"

서울역에 있는 작은 서점(이라기보단 작은 책코너)을 지나다가 심심풀이 낱말퍼즐 책을 보았다. '심심풀이'라니. 자매품 숨은그림찾기도 있다. 스도쿠도 있다. 나처럼 바빠서 말라가는 사람이 있는가 하면 세상에는 시간이 너무 안 가서 시간을 죽이는 사람도 있다. 돈 주고 죽일 시간 있으면 나한테 좀 팔면 좋겠다. 서로 좋을 텐데. 어차피 죽여야 할 시간을 팔아서 돈이 되면 파는 사람도 좋고 사는 사람도 좋고, 그죠? 이게 왜 거래가 안 될까. 거래가 된다면 좋을 텐데. 중개소는 떼돈을 벌 것 같다.

책을 사고 싶어서 서점에 가면 한숨을 쉰다. 사고 싶은 책은 많은데 한 권 두 권 집다 보면 집에 사놓고 아직 읽지 못한 책들이 생각난다. 물론 이렇게 꼭 읽고 싶은 책들만 고른 것이다. 그 책들이 떠오르면 마음이 무거워진다. 책을 더 살 수가 없다. 책을 사도 읽을 시간이 없으니까. 나는 왜 책 읽을 시간이 없을까. 낱말퍼즐 책 사는 사람 붙들고 시간을 좀 사고 싶다.

그럴 때가 있다. 회의 마치고 다음 회의 가고 있는 나에게 10분만 더 있었더라면 차가운 편의점 샌드위치가 아니라 식당에 가서 따스한 밥을 먹을 수 있을 텐데. 한 시간에 1만 원 아니라 10만 원이라도 사고 싶었을 텐데. 밥도 못 먹고 이게 뭐 하는 짓인가 싶어서 스트레스를 풀러 단단히 벼르고 간 식당에서 운 나쁘게 맛없는 음식이 나오면 소리라도 지르고 싶다.

띵ㅡ! 또 문자가 왔다.

〔Web발신〕(광고) 시간을 팝니다.

나도 엔간히 짜증났었나 보다. 어떻게 생긴 놈들인가 얼굴이라도 보려고, 눌렀다. 왜! 뭐! 이놈들아! 이상한 피싱 프로그램이 돌아가면 어쩌나 잠시 쫄렸는데 그냥 크롬이 열리고 웹페이지가 나왔다. 나온 페이지는 조악했다. 디자이너 없이 그냥 개인이 쇼핑몰 툴을 커스텀해서 만든 느낌. '신규고객 이벤트', '1시간 무료 체험권', 할 거 다 하네. 스크롤을 내리니 1시간 무료 체험권 팝업이 떴다. 체험권을 사용하려면 회원가입을 해야 한다. 이런 데를 뭘 믿고 내 정보를 줘? 그런데 뜻밖에 애플로그인을 지원하더라고. '뭐야, 사기를 정성스럽게 치네?' 처음엔 빡쳐서 누르긴 했는데 보다 보니 왠지 화가 좀 풀리는 느낌이었다. 속아봐야 뭐 별거 있나. 애플로그인인데 애플이 지켜주겠지, 하며 체험권 사용을 눌렀다.

* * *

며칠 후, 온라인클래스 대표님으로부터 연락이 왔다. 수강 쿠폰을 보냈다고. 그런데 요즘은 그림 그릴 시간이 있냐 묻기에 위의 이야기를 해드렸다.

"진짜요? 진짜? 그래서 어떻게 됐어요?"

"처음엔 저도 긴가민가했는데. 이것저것 했는데도 시간이 좀 남는 것 같기도 하고 아리까리해서 한 번 더 사봤단 말이에요."

"아아 잠깐만, 진짜요? 샀다고요? 시간을?"

"아뇨아뇨. 소설이죠, 물론. 어때요? 재밌죠?"

"소설?"

"네, 시간을 살 순 없죠."

"그쵸? 에이— 근데 처음에 이야기하시는 건 다 진짜 같았는데."

"그건 진짜."

"그럼 어디부터가 소설이에요?"

"자, 들어봐봐요. 그래서, 시간 사는 방법을 알게 된 저는 이걸 종종 샀단 말이에요. 강의 준비도 하고, 유튜브 영상도 편집하고. 영상 자주 올리고 싶다고 노래를 불렀는데, 못했었는데, 이제 이게 되니까 너무 좋은 거예요. 편집할까 강의 준비할까 고민하지 않아도 돼, 다 하면 되니까. 시간 사는 가격이랑 시간이 나에게 주는 이득이랑 비교해보니까 사는 게 훨씬 이득이더라고요."

"얼만데요?"

"한 시간에 9만 원."

"아… 싸진 않네요."

"그쵸? 근데 이만큼 들여서 이거보다 더 벌면 되니까. 수지가 잘 맞는 사람들이 있을 거예요. 유튜버들 영상 올리는 주기 봐봐요. 하루에 하나씩 올리는 사람들 있잖아요. 요즘 갑자기 영상을 자주 올린다 싶으면 그 사람도 시간을 샀을지 모르죠."

"아, 그게 정말이라면 진짜 필요한 사람들이 많이 사고 있겠다."

"그쵸, 시험을 앞둔 사람들이라든가. 부자들이 많이 사겠죠? 아! 부자들보다도 부자가 되고 싶은 능력자들? 시간 모자란 스타트업 대표들? 뭐 보통의 회사 대표들도 그렇겠네. 일론 머스크? 진짜, 일론 머스크도 샀나? 시간거래소 쪽에서는 일론 머스크한테 DM 보내고 싶겠다, 나라면 어떻게든 주소 찾아서 보냈겠다. 아! 그냥 트위터, 아니 X로 DM 보내면 되네."

"그러네. 워런 버핏도 틀렸네요. 전에 어떤 인터뷰에서 돈으로 모든 것을 살 수 있지만 시간은 못 산다고 했는데."

"그땐 그랬죠. 지금은 워런 버핏도 사고 있지 않을까요? 돈 많이 번 사람들이 다들 그런 말 하잖아요. 돈 벌어서 하고 싶은 게 시간을 마음대로 쓰는 거라고. 하고 싶지 않은 일을 하지 않아도 될 자유랑. 무라카미 하루키도 그랬어요. 인세 번 돈으로 자유를 사고 내 시간을 산다. 그래서 글 쓰는 것만 할 수 있게 됐다. 하루키 상에게도 DM 갔을지 몰라요."

"와, 돈으로 시간을 사서, 그걸로 일해서 돈을 더 벌고. 그럼 진짜 부익부 빈익빈이네요. 어떡하지?"

"시간을 살 수 있기 전에도 세상은 부익부 빈익빈이었는데요 뭐. 하긴 세상에 공평한 게 시간밖에 없었는데, 이제는 시간마저도 공평하지 않네요."

"그러네요. 근데 왜 나만 몰랐지?"

"사람들이 샀다고 말을 안 하니까?"

"왜요?"

"자기만 쓰려고? 아니 그보다도, 소문나면 문제가 생기고, 그럼 더이상 시간을 못 살까 봐 그러는 거 아닐까요?"

테드 창 식으로 하자면, 이쯤에서 뉴스로 상황이 진전된다. 집에 오는 길에 유튜브를 보는데 이런 제목의 뉴스가 눈에 걸렸다.

〔서울역 이례적 현상. 노숙자들이 무더기로 실종된 이유는?〕

"서울역에 나가 있는 김대기 기자를 불러보겠습니다. 김대기 기자."

"네, 제가 나와 있는 이곳은 서울역입니다. 서울역은 그동안 쭉 노숙자 문제를 안고 있었는데요. 최근 한 달 사이에 노숙자들이 사라져서 화제입니다."

"처음 보는 일인데요. 노숙자가 사라지다니, 어떻게 된 일인지 알려진 게 있습니까?"

"아직 원인이 정확히 규명되지는 않은 상황입니다. 몇몇 분들의 증언에 의존하고 있는 상황인데요, 아직 서울역에 남아 있는 노숙자 한 분을 만나봤습니다."

옆에 있던 노숙자에게 마이크를 들이댄다.

"어떻게 된 일인가요? 노숙자들이 갑자기 사라졌는데요."

"응ー 이야기했잖녀. 얼마 전에 되도 않는 소릴 하고 다니는 놈들이 있었다니께. 말도 되지도 않는. 매일매일 힘들지 않냐며, 하루가 빨리 가게 해준다믄서 쏘주값 챙겨주고 그러는디, 공짜가 어딨어 시상! 뭘 바라는 게 있는 거지. 하루가 어떻게 빨리 가는 거냐고 뭘 하려고 그러냐고 따지니께 눈 똑바로 보고 이야길 못하드라고 그놈들이. 썩 꺼지라고 그랬제ー 근디 그놈들 쫓아내고 일주일쯤 돼서 또 딴 놈들이 와 똑같은 소릴 하길래 또 내쫓아버렸는디, 그때부터 여기 하나 둘 없어졌으니께ー 아유 그냥 섬찟하구먼ー"

뉴스를 보면서 나는 직감했다. 연결되어 있구나, 나에게

209

시간 판 놈들. 이놈들은 시간을 어디서 만드는 게 아니라ㅡ
그렇지, 만들 수 있을 리 있나ㅡ노숙자나 시간이 느리게 가
는 게 고통스러운 이들에게서 시간을 사 오는 거구나. 값을
제대로 쳐주기는 할까? 노숙인들은 어디로 갔을까? 시간을
팔고 받은 돈으로 어디 잘 데라도 구한 걸까? 업자들이 제공
하는 단체숙소 같은 게 있을지도 모르겠다. 업자들 입장에선
먹여주고 재워줘도 남는 장사인지도 모르겠다. 자다 깨다 먹
다 보면 하루가 금세 가 있는 거네. 좀 무서운데. 아니, 막상
그분들은 좋으려나? 와 소름, 그러면 〈매트릭스〉 영화에 나
오는 배양되는 인간들과 다를 게 뭐야.

찝찝한 채로 몇 달이 흘렀다. 내가 사는 시간이 어디서 나
오는 건가 생각하니 시간 사는 게 더이상 개운하지 않았다.
시간거래소에는 이제 P2P라고 개인 간 거래가 생겼다. 시간
을 변동가격으로 팔았다. 주식거래소나 크림 같은 한정판 거
래 사이트처럼 수요가 많으면 값이 오르고 공급이 많으면 내
리는 식이다. 개인 간 거래를 중개하는 앱이 여러 개 생겼다.
팔고 싶은 사람과 사고 싶은 사람이 서로 원하는 가격으로
어느 쪽도 강요당하지 않은 채 자유롭게 이뤄지는 거래니 사
실 개운하지 않을 이유는 없었다. 이제 시간 거래는 아는 사

람은 다 아는 비즈니스가 되어갔고, 거래자가 많아짐에 따라 여기저기서 거래 사고도 생겼다. 하루는 미성년자인 아들을 꼬드겨 시간을 뺏어갔다며 업자들에게 소송을 거는 부모들 사연이 뉴스를 탔다. 편의점 알바들이 결근하고 자취를 감추는 일이 갑자기 늘어서 영업이 어려워졌다는 인터뷰 영상도 조회수가 꽤 많았다. 하긴 어떻게 보면 편의점 알바도 자기 시간을 파는 일 아닌가. 기왕 팔리면 돈 많이 받고 파는 쪽이 좋겠네. 이런 영상을 몇 개 보니까 알고리즘이 비슷한 뉴스들을 계속 보여준다. 온 세상이 다 시간 거래에 미쳐 있는 것 같다. 내게 영상이 보여지는 빈도와 실제는 다르겠지. 요즘 이런 기사가 팔리니까 다들 혈안이 되어 이런 이야기만 파내고 있는 거겠지. 그렇게 생각해도 너무 많았다. 그중에도 신선했던 뉴스는 단연 이거! 교도소 수감자가 시간을 몰래 팔려다 적발돼 교도소에서 감시를 강화하고 재발방지책을 만들고 있다는 이야기였다. 사람들 참 창의적이야— 거래 사고는 중고나라와 당근으로 불똥이 튀었다. 플랫폼을 믿고 거래했는데 사기를 당했으니 플랫폼이 책임지라는 거였다. 두 회사는 시간 거래를 인정해야 할지 금지해야 할지 고민에 빠졌다.

먼저 움직인 쪽은 사회운동가들이었다. 서울역에서 사라진 노숙인들은 어디에 있는가. 실업 청년들은 어디에 있는가. 돈 없는 자들의 시간을 빼앗아 미래의 기회마저 박탈하는 게 과연 공정한가. 사회적, 경제적 약자들을 영원히 약자로 주저앉히는 악질 상거래라며 연일 비판의 수위를 높였다. 맞는 말이었다. 이런 거래가 통용된다면 부익부 빈익빈은 이제 누구도 뒤집을 수 없는 절대원칙이 될 것이 뻔했다. 인터넷 커뮤니티에 이미지 짤도 돌아다녔다. 비쩍 마른 사람에게서 피를 뽑아 부자로 보이는 뚱뚱한 사람에게 수액처럼 놓아주는 그림이었다. 우리는 누구든 시간을 뺏기는 약자가 될 수 있다며, 한번 시작하면 영원히 약탈의 굴레에서 벗어날 수 없다며 사람들에게 경각심을 불어넣었다. 시간 거래를 소재로 한 영화들이 다시 주목받았다. 유튜버들끼리 설전이 벌어졌다. 유명한 리뷰 전문 유튜버가 시간 거래 후기를 올린 것이 발단이었다. 이 영상은 전쟁터가 되었다. 삽니다 팝니다 댓글이 달리는 정도는 그냥 해프닝이었다. 사회적으로 영향력을 미칠 수 있는 사람이 이런 비윤리적인 행태를 떳떳이 드러내서야 되겠냐는 댓글도 그 정도면 양반이었다. 이 리뷰 유튜버를 저격하는 영상이 매일 수십 개씩 올라왔다. 그에 반대하는 유튜버들도 만만치 않았다. 자본주의가 뭔지 모르냐는 조롱부터 파는 사람이 좋다는데 니들이 뭔 상관이냐는 댓글까지, 유튜브 세상은 반반 나뉘어 전쟁을 벌였다.

마침내 정부가 개입했다. 정부는 특별담화를 통해 모든 형태의 시간 거래 금지 법안을 발표했고, 신문과 방송은 일제히 뉴스를 실어날랐다. 곧 업계의 반발 의견이 뉴스를 탔다. 시간 거래 사업자들은 법안의 부당함을 강하게 주장했다. 판매자와 구매자 모두 자발적으로 동의하는 거래이고, 이 거래를 통해 누구도 손해 보지 않으며 오히려 사회가 골고루 발전할 수 있다는 게 골자였다. 그들은 정부가 국민들의 복지를 위해 오히려 이 거래가 건강하게 이루어지도록 지원해야 한다고 주장했다. 아울러 미성년자는 시간을 사거나 팔지 못하도록 제한하고, 시간을 일정 가격 이하로는 팔 수 없게 최소 거래금액 규정을 만들고, 판매자나 구매자나 거래 후 24시간 이내에는 자유롭게 거래를 취소할 수 있도록 수정하는 등 시스템을 보완해 시간 거래가 잘 이루어지도록 하겠다며 조정을 시도했다.

위기에 몰린 시간 거래 종사자들은 광화문으로 향했다. 시간이 많은 사람들이라 더 잘 모이는 것 같았다. 많은 인원이 모여들어 도로 한 차로를 차지하기에 이르렀다. 이 산업에 종사자가 벌써 이렇게나 많다니. 안 그래도 공사 후 좁아진 세종대로가 더 좁아지고 차들은 가다 서다를 반복했다. 인쇄물을 손에 든 사람들도 많았는데 '시간 팔 권리를 보장하라', '개인의 재산권을 침해하지 말라'는 등의 주장이 적혀 있었다. 한쪽에 세워진 무대에 누군가 나와서 격앙된 목소리로 뭐라뭐라 주장을 쏟아냈다. 행렬에는 장례식 영정 프레임도 등장했다. 프레임 안에는 '자유시장경제'라고 쓰여 있었다. 상여를 멘 사람들이 뒤를 따랐다. 개인의 욕심이나 밥그릇 싸움으로 보이지 않도록, 이 문제를 사회적 합의의 정당성 싸움으로 몰아가고 싶어 하는 누군가가 있는 게 분명했다.

각종 커뮤니티에서 매일 설전이 이어졌다. 뉴스들이 퍼 나르고, SNS에 캡처돼 퍼지면서 이 설전은 전 국민에게 중계되었다. 처음에는 시간을 팔면 안 된다는 주장이 우세한 것처럼 보였지만 곧 시간 팔 권리를 보장하라는 쪽의 반격도 거세졌다.

그러던 어느 날 청바지매니아(커뮤니티)의 베스트게시글에 이런 글이 올라왔다.

〔시간 판매 금지를 주장하시는 여러분 감사합니다.〕

시간을 파는 사람들이 대부분 사회경제적 약자들이고, 시간을 파는 행위가 빈익빈을 유발하니 약자들을 보호해야 한다는 선한 마음으로 시간 판매 금지를 주장하시는 마음은 잘 알겠습니다. 하지만 여러분이 말하는 약자인 저는 시간을 판 덕에 좁은 골방을 면할 수 있게 되었습니다. 끼니로 먹는 라면과 삼각김밥 대신 가끔은 치킨도 시켜 먹을 수 있게 되었습니다. 여러분이 보호해주시는 덕분에 시간을 팔 수 없게 된다면 다시 저는 춥고 배고픈 곳으로 내몰리겠지요. 이것이 여러분이 이야기하는 '보호'인가요? 여러분이 보호한다는 그 약자는 어디에 있는 누구인가요?

이제 나는 쉽게 판단할 수가 없었다. 정신을 똑바로 차리고 싶었다. 글쓴이가 원한다면 시간을 팔 수 있게 해주는 게 그를 위해 진짜 맞는 걸까, 무엇이든 될 수 있는 사람을 아무것도 못할 사람으로 만드는 데 일조하는 것은 아닐까. 내가 시간을 사는 게 누군가를 돕는 일인지, 누군가의 미래를 빼앗는 일인지 알 수 없었다. 어차피 그에게는 시간이 많다는 게 고통이었는데 내가 그 고통을 덜어주고, 버려질 뻔한 시간으로 가치 있는 일을 한다면 쓰여지는 시간 입장에서도 더 행복(?)하지 않을까. 사회적으로도 이쪽이 더 가치 있지 않을까.

"그래서, 시간을 사서 인성 님이 한 가치 있는 일이 뭔데
요?"

"음… 이 책을 완성한 거?! 만약 그때 제가 시간을 사지
않았다면 이 책을 쓰지 못했을걸요."

What I talk about when I talk about Running

가장 좋아하는 책

세상에는 좋아하는 책을 마음껏 사볼 수 있는 운 좋은 사람이 있다. 그게 바로 나. 회사에서 책값을 지원해준다. 운 좋게도 다니는 회사마다 그랬다. 회사에서 책값을 지원해주니 책에 대한 관심이 높아진다. 어떤 책이 좋다더라 하는 말을 들으면 메모해두고, 시간을 내서 서점에 더 자주 가게 되고, 살까 말까 할 때 좀 더 쉽게 책을 사게 된다. 그렇다고 마구 사지는 않는다. 책이라는 건 공간을 차지하니까, 못 읽은 책들이 집에 쌓이면 마음이 무거워지니까. 이렇게 20여 년 동안 책을 샀더니 집에 책이 꽤 많다. 여러 번 읽으며 밑줄 친 책들도 있고, 머리말과 목차까지만 열어보고 읽지 않은 책도 많을 것이다.

읽지 못한 책이 집에 있는 건 좋은 일이다. 읽고 싶은 책들이 여기저기 눈에 걸리고 손에 잡히는 거니까. 당연하지만 브랜딩과 마케팅, 디자인 책들이 많다. 마스다 무네아키, 홍성태, 조수용, 박웅현, 하라 켄야… 선배님들의 훌륭한 책들을 통해 배운다. 심리학, 사회, 문명, 역사 관련 책들도 좋아해서 많이 산다. 인류를 이해하는 데 도움을 주는 것들이다. 유발 하라리의 책들은 모두 좋아한다. 여행책도 사고 건축 관련 책도 산다. 특히 건축가 나카무라 요시후미의 책을 좋아한다. 그의 책을 읽으며 좋은 집에 대한 생각을 세운다. 에세이를 좋아한다. 요조, 장기하, 이슬아, 김혼비, 황선우, 김하나, 김민철. 멋진 사람들과 양질의 대화를 나누며 폭넓은 경험을 쌓고 생각을 배우는 경험이다. 소설가들의 에세이도 너무 좋다. 김영하, 김연수. 물론 소설도 좋다. 무라카미 하루키, 테드 창, 최은영, 장류진. 에세이와 마찬가지로 사람의 마음을 탐구하는 마음으로 읽는다. 그래, 사람의 마음을 탐구하는 소설이 좋다.

그중에도 무라카미 하루키를 좋아한다. 소설도 좋지만 에세이가 더 좋다. 최근에 《달리기를 말할 때 내가 하고 싶은

이야기》를 다시 읽었다. 해마다,까진 아니고 몇 년에 한 번
씩은 다시 읽는 책. 처음 읽었을 때 너무 좋아서 줄 치며 다
시 읽고 주변 사람들에게 추천하고 집에 오는 사람들에게 빌
려줬다가 돌려받지 못해서 또 사고 또 줄 치며 읽고 또 빌려
주고 또 못 받고. 언제부턴가 돌려받기를 포기하고 빌려줄
게 아니라 그냥 선물하자는 마음으로 집에 늘 여러 권 가지
고 있는 책. 이 책을 처음 읽을 때는 '소설가가 이렇게 산다
니 흥미로운데' 하고 생각했다. 사회가 주입시켜 놓은 '예
술가들이란 욕망을 통제하지 않고 자기 멋대로 방탕하게 사
는 존재'라는 선입견에서 나도 자유롭지 않았는데, 이 책으
로 본 소설가 하루키는 뭐 거의 수도승의 삶을 살고 있는 게
아닌가. 하루키는 아침 일찍 일어나 매일 한 시간을 달리고
샐러드를 먹고 정해진 시간 동안 책상 앞에 앉아 글을 쓴다.
"글을 쓴다는 것 자체는 두뇌 노동이다. 그러나 한 권의 정
리된 책을 완성하는 일은 오히려 육체노동에 가깝다."* 달리
기를 본격적으로 좋아하게 된 것도 이 책이 시작이었다. 마
라톤의 기원 아테네를 달리는 이야기라든가, 100km가 넘는

* 무라카미 하루키 《달리기를 말할 때 내가 하고 싶은 이야기》(문학사상) p. 123

거리를 고통스럽게 달리는, 그러다 고통을 초월하는 울트라 마라톤 이야기를 읽다가 마음이 흔들렸다. 책을 덮고 달리러 나가고 싶어졌다. 당시 나는 '달리기는 나랑 잘 안 맞아' 하고 러닝화를 신발장에 처박아둔 상태였는데, 이 책을 읽으며 달리기가 너무 궁금해졌다. "달리기가 먼저 거기에 있고, 달리기에 딸린 것 같은 존재로서 내가 있다"*는 건 어떤 걸까. 책을 덮고 러닝화를 꺼냈다. 그 해에 난 여섯 번 뛰었다. 하루키 덕분이었다.

최근에 다시 읽으며 새삼 좀 놀랐는데, 내 생각인 줄 알며 살았던 것들이 오래 전 하루키가 심어놓은 생각이란 걸 알게 되어서였다. 나는 롤모델 같은 사람 없이 그냥 내 살고 싶은 대로 살고 있는 줄 알았는데, 이 정도면 거의 〈인셉션〉** 아닌가. 내 생각이 아니었다. 계속해서 달리기를 하는 것도, 달리면서 생각하는 것들도, 하루하루 더 나은 삶을 살고 싶다는 마음으로 읽고 쓰고 만들며 매일을 차곡차곡 쌓고 있는 것도.

* 무라카미 하루키 《달리기를 말할 때 내가 하고 싶은 이야기》(문학사상) p. 175
** 크리스토퍼 놀란 〈Inception〉(2010)

"나 자신에 관해 말한다면, 나는 소설 쓰기의 많은 것을 매일 아침 길 위를 달리면서 배워왔다. 자연스럽게, 육체적으로, 그리고 실무적으로. 얼마만큼, 어디까지 나 자신을 엄격하게 몰아붙이면 좋을 것인가? 얼마만큼의 휴양이 정당하고 어디서부터가 지나친 휴식이 되는가? 어디까지가 타당한 일관성이고 어디서부터가 편협함이 되는가? 얼마만큼 외부의 풍경을 의식하지 않으면 안 되고, 얼마만큼 내부에 깊이 집중하면 좋은가? 얼마만큼 자신의 능력을 확신하고, 얼마만큼 자신을 의심하면 좋은가? (중략) 설령 오래 살지 않아도 좋으니 적어도 살아 있는 동안은 온전한 인생을 보내고 싶다. (중략) 주어진 개개인의 한계 속에서 조금이라도 효과적으로 자기를 연소시켜가는 일, 그것이 달리기의 본질이며, 그것은 또 사는 것의 (그리고 나에게 있어서는 글 쓰는 것의) 메타포이기도 한 것이다."*

달리는 행위를 인생에, 인생을 마라톤에 비유하는 건 너

---

* 무라카미 하루키 《달리기를 말할 때 내가 하고 싶은 이야기》(문학사상) p. 126~128

무나 상투적이고 지루한 비유라고 말하기도 식상할 정도지만 이 책만큼은 예외적으로 완벽하다. 앞에서 달리기는 사는 것 그리고 글 쓰는 것의 메타포라고 했다. 건전함과 불건전함, 정적인 쓰기와 동적인 달리기, 규칙적으로 움직이며 창조적인 결과물을 만들기. 자신의 직업적 삶과 달리기를 나란히 붙여놓은 이 책은 오직 성실하게 달리는 장편소설가인 하루키만이 쓸 수 있고, 하루키의 인생을 표현하기에 너무나 적절한 비유가 아닐 수 없다. 나도 이런 책을 쓰고 싶다는 생각이 들었다. 나만 할 수 있는 방식으로, 나에게 잘 어울리는 방식으로 내 삶을 통해 생각을 드러낼 수 있다면 그건 무엇일까.

나를 생각한다. 나는 브랜드를 만드는 사람이다. 마음을 움직이고 생각과 태도를 바꾸게 하는 일을 한다. 알게 하고 좋아하게 하고 사고 써보게 하고 이야기하게 하는 사람이다. 사게 하는 사람의 삶은 어떻게 한 권의 책이 될까. 이번엔 파는 이야기 말고 사는 이야기를 써야겠다. 사는 것을 통해 생각을 바꾸고 행동을 바꾼 이야기를 써야겠다. 파는 사람이 사면서 생각한 것들, 그러면서 사는 이야기. 그게 나에게는 《달리기를 말할 때 내가 하고 싶은 이야기》가 되겠구나. 이 책처럼 10년을 두고 여러 번 읽어도 새로울 책을 쓰고 싶다. 아니, 욕심이다. 그저 10년 뒤에 스스로 읽어도 고치고 싶지 않을, 부끄럽지 않을 책을 쓰고 싶다.

아니, 아니다. 부끄럽고 싶다. 10년 뒤에 다시 읽었을 때 고치고 싶지 않다면 나는 그 10년을 제대로 살았다고 할 수 있을까? 10년 뒤에 다시 읽을 때 이 책에 써놓은 글이 부끄럽도록 계속 사고 또 살아야겠다.

* * *

내가 잘나고 똑똑해서인 줄 알았던 많은 것들은 결국 내가 읽고 공감했던 사람들의 문장으로부터 온 거였다. 읽고 나서 곧 잊어도, 외우지 못하고 기억하지 못해도 그 문장들은 내가 선택하고 움직이는 데 줄곧 영향을 미치고 있었다. 문득 '내가 읽는 것들이 내가 된다'는 말이 말 그대로 무섭게 느껴졌다. 나는 무엇을 읽으며 살아왔나 갑자기 생각한다. 책장에 꽂힌 책들의 제목을 읽어본다.

《달리기를 말할 때 내가 하고 싶은 이야기》(무라카미 하루키, 문학사상, 2009)

무라카미 하루키는 소설가지만 난 그의 에세이를 더 좋아한다. 이 책이 좋았다면 《직업으로서의 소설가》(현대문학, 2016)도 좋을 것이다. 오래된 책이지만 《먼 북소리》(문학사상, 2004)도 읽을 때마다 가슴이 두근거린다. 그 밖에 에세이집들도 모두 좋다. 하루키 에세이를 읽고 있으면 나도 글을 쓰고 싶어진다.

《도시와 그 불확실한 벽》(무라카미 하루키, 문학동네, 2023)

사실 하루키의 소설도 다 좋아한다. 그의 소설들은 비슷한 구조를 가지고 변주된다. 어느 날 알 수 없는 일이 일어나고, 주인공은 이에 이끌려 조금씩 사건에 빠져들고, 힌트를 얻기도 하고, 궁금증도 생기는 가운데, 신비한 존재가 나타나 주인공을 돕기도 한다. 소중한 것을 잃어버리고, 다시는 돌이킬 수 없는 변화가 일어나고, 결국 나선의 세계를 돌아 한 층 올라가듯이 주인공은 제자리로 돌아오지만 같은 세상은 아니다.

이 변주들 가운데 가장 사랑하는 이야기는 《도시와 그 불확실한 벽》. 소중한 것을 잃고 삶의 의미를 상실한 채 껍데기로 살아가는 마음을 이해하고 위로하는 이야기다. 많은 이들이 겪었을 법한 깊은 상실과 고독을 관통하는 이 이야기는 보편적이면서도 고유하고, 예술적이면서도 난해하지 않다. 하루키 님은 이 소설을 쓰기 위해 지금껏 소설을 써오셨구나 — 하고 내 멋대로 생각했다.

절대적 상실과 고독에 대해서는 같은 작가의 《토니 타키타니》를 추천한다. 국내 번역은 안 돼 있지만 영화로는 나와 있다. '토니'를 보고 나서 '도시'를 읽으면 더 좋겠다. 아직 안 본 사람이 너무 부럽다.

《사피엔스》(유발 하라리, 김영사, 2015)

다 읽었냐고 질문 많이 받은 책. (읽었습니다, 물론이죠. 재밌어요.) 나는 인류 문화의 기원과 흥망성쇠에 관심이 많다. 지금의 지구인들은 왜 이렇게 생각하고 움직이는지와 연결되니까. 인간 심리를 공부하는 것과 인류 문화사를 공부하는 건 서로 보완이 된다. 어떻게 보면 소설이나 에세이를 읽는 것도 같은 맥락이다. 사람이 언제나 가장 재미있다.

같은 저자의 《호모 데우스》(김영사, 2017), 제레드 다이아

몬드의 《총 균 쇠》(김영사, 2023)도 같이 읽으면 좋다. 이런 두꺼운 책을 읽는 내 나름의 요령이 있다. 읽을 때 강약을 조절해야 한다. 이런 책은 핵심과 부연으로 구성된다. 이 두 가지를 구분하고 핵심은 집중해서, 부연은 쓱쓱 읽어 넘기는 게 요령. 두꺼운 책을 첫 페이지부터 끝까지 한 글자도 놓치지 않고 몰입해서 다 이해하고 외우려 들면 포기하기 쉽다. 자잘한 사례와 심화 디테일은 속독으로 휙휙 넘기고, 결국 하고 싶은 말이 뭔지, 어떤 논리인지, 중요한 부분에 시간을 들여 집중해서 읽으면 이런 두꺼운 책들도 생각보다 쉽게 읽을 수 있다. (재미있다니까요.)

《바른 마음》(조너선 하이트, 웅진지식하우스, 2014)

또 두꺼운 책이다. 물론 흥미롭게 금방 읽을 수 있다. 평소 진보와 보수가 서로 자기가 옳다며 싸우는 걸 보며 답답했던 사람, 악당처럼 보이는 사람들이 자기들끼리 정의감에 빠져 있는 걸 보며 절망감에 빠져본 사람이라면. 물론 진보와 보수에만 한정되지 않는다. 사람이 '옳다'고 느끼는 것은 어디서 어떻게 오는지, 직관인지 추론인지, 선천적인지 후천적인지, 나 자신 우리 인류는 어떤 존재인지, 이 혼돈의 정체를 조금이나마 이해할 수 있는 좋은 기회가 될 것이다.

《팩트풀니스》(한스 로슬링 외, 김영사, 2019)

세계를 이해하는 데 도움이 되는 또 하나의 책. 우리나라를 포함한 잘사는 나라의 교육받은 사람들은 세계를 체계적으로 잘못 알고 있다. 소득, 건강, 교육, 수명 등 거의 모든 부분에서 실제보다 훨씬 나쁘게 생각한다. 사실은 어떻다는 걸 팩트를 통해 확인하며 알게 되는 게 이 책의 미덕인데, 나에게 이 책의 매력은 따로 있다. 인간의 착각과 오해를 공부한다는 점. 착각하지 않는 사람은 없다. 착각과 오해를 얼마나 이해하고 받아들이는지가 세상을 이해하는 중요한 능력이다. 오해를 알 수 있다면 세상은 얼마나 더 평화로워질까.

《행동경제학》(리처드 탈러, 웅진지식하우스, 2021)

인간의 착각과 오해, 편향, 잘못된 판단을 공부하기에 이만 한 책이 없다. 인간 심리의 취약성, 오류의 경향성을 알아야 계산도 제대로 해낼 수 있다. 그런 면에서 숫자에 기반해서 논리적인 판단을 하고 계획을 세우는 사람들이 꼭 읽어봤으면 하는 책이다. 데이터가 숫자로만 머물러 있을 땐 의미가 없다. 데이터의 의미를 해석하는 데 꼭 필요한 것은 인간 심리다. 마케팅은 물론이고 인간을 설득하고 감동시키고 웃게 하는 모든 사람들, 콘텐츠를 만들고 커뮤니케이션하는 모든 사람들이 꼭 알아야 할 필수 교양이다.

《일의 격》(신수정, 턴어라운드, 2021)

성장하는 나, 성공하는 조직, 성숙한 삶을 위한 선배의 생각을 배울 수 있다. 단편으로 되어 있어 제목을 보면서 끌리는 것부터 읽으면 된다. 하나씩만 봐도 도움이 된다. 회사에서 일하는, 일을 더 잘하고 싶은 사람들에게 추천.

《당신 인생의 이야기》(테드 창, 엘리, 2016)

테드 창의 SF 소설집. 테드 창이 없었다면 〈어느 시간강박증 환자의 고백〉도 쓰여지지 않았을 것이다.

《쇼코의 미소》(최은영, 문학동네, 2016)

최은영의 소설을 읽으면 눈물이 난다. 눈물이 뺨으로 흐르지 않는 날은 가슴속으로 흘렀다. 고맙고 쓸쓸하고 미안하다.

《신》(베르나르 베르베르, 열린책들, 2011)

우주의 생성, 세상의 수많은 신화들, 문명의 생성과 발전, 문화권의 생성, 다중우주론 등 흥미로운 주제들이 하나의 세계를 이루며 펼쳐진다. '인간은 왜?'에 관심 있는 사람이라면 진짜 정신 홀딱 놓고 이박삼일 보내버릴 수 있다. 이런 걸 쓸 수 있는 베르나르 베르베르는 도대체 뭘 보고 경험하고 생각하는 걸까. 이 책 이후로 베르베르의 책들을 꾸준히 사보고 있지만 나는 이 책이 제일 좋다.

《행복의 기원》(서은국, 21세기북스, 2021)

행복은 빈도. '사랑하는 사람과 맛있는 것을 자주 먹는다.' 결론은 아주 간단하지만, 알아도 알지 못하는 우리를 위해 이 간단한 사실을 이해하고 믿을 수 있게 설명해준다. 행복하고 싶은데 행복하기 어려운 우리. 행복이란 도대체 무엇인지 구체적으로 알아볼 필요가 있다. 행복이 언제 어떻게 오는지 알 수 있다면 행복에 가닿기도 더 쉬워진다. 짧아서 금방 읽을 수 있는데 그 영향력은 앞으로 사는 내내일 수도.

《건축가가 사는 집》(나카무라 요시후미, 디자인하우스, 2014)

일본의 건축가 24인이 자택으로 지은 집 스물네 채를 소개한다. 건축가의 자택이란 좀 특별한 부분이 있다. 건축가와 건축주가 같은 사람이라는 것. 건축주의 삶을 가장 잘 이해하는 건축가가 누구의 눈치도 보지 않고 자기 신념대로 자신의 지식과 경험, 인생관 등 모든 것을 표현할 수 있다는 것. 여기 소개된 집을 지은 생각들을 읽고 있으면 나다운 집은 무엇일까 생각하게 된다.

건축가 나카무라 요시후미는 이 책보다 먼저《집을, 순례하다》(사이, 2011)를 썼다. 이 책은 세계적인 건축 거장들의 자택을 소개한다. 이 책도 물론 너무 좋지만《건축가가 사는 집》은 더 현실적인 재미가 있다.

10권을 뽑자고 했는데 12권이 되었다. 뭐 하나 빼기는 아쉬워서 다 담아본다. 12권이면 뭐 어때.

(내가) 사는 (모든) 이유

"여보, 우리 제주도에서 계속 살까?"

서울 사는 동안 아내를 괴롭히던 두통이 제주에 와서 사라졌다. 쫓기듯 뭔가 더 이루어야만 한다는 강박 없이 오늘 하루에 만족하는 기쁨을 알게 되었다. 맑으면 맑은 대로 비가 오면 비가 오는 대로 좋았다. 아침에 일어나서 고양이들과 인사를 하고, 건강한 재료들로 아침을 차려 먹고, 오름으로 바다로 숲으로 그날그날 생각나는 대로 내비를 찍었다. 차 막히는 일 없이, 파란 하늘 푸른 들판 사이로 난 길을 달려 어디든 금방 도착한다. 파도치는 대로 수영을 하고, 동그란 오름을 오르며 땀을 흘린다. 귤꽃이 피고 지면 수국이 피었다.

바다와 한라산이 잘 보이는 양지바른 곳에 작은 땅을 하나얻어서, 집을 짓는 거야. 우리의 생활을 닮은 집. 계절마다피는 꽃들이 있고 아름드리 큰 나무가 있는 마당이 있는 집.저녁마다 서쪽으로 노을이 보이는, 바다와 하늘을 향해 열린큰 창이 있는 거실이 있는 집. 책이 가득 꽂힌 서재가 있고,책을 읽다가 글을 쓸 수 있고, 더운 날에는 바다에 풍덩 다이빙을 하고 젖은 몸으로 에세이를 읽는 집. 작은 침실 옆에 옷방, 욕실, 세탁실이 한 데 모여 있는 집. 낮잠을 잘 수 있는집. 고양이들과 행복하게 살 수 있는 집. 가까운 사람들이 놀러 오면 며칠 자고 갈 공간이 있는 집.

"그럼 출퇴근은 어떻게 해?"
"음… 어떡하지?"

입사할 때 40명쯤 되던 회사는 백 명 천 명을 넘고 이천 명이 넘어 매년 조금씩 다른 회사가 되었다. 11년 동안 동료들과 함께 키워온 우리 브랜드의 계절은 겨울이 되었다. 봄을거쳐 뜨거운 여름을 지나 가을을 넘기도록 뜨겁게 사랑했다.

우리 브랜드를 더 많은 사람들이 알고 좋아해줄 때, 지지해줄 때 그게 나를 향한 것 같았고, 브랜드가 욕먹고 상처입을 때 내 몸도 같이 아팠다. 최선을 다했고 이제는 떠날 때가 온 것인가. 그렇게 생각하니 내 삶의 챕터 하나가 끝나는 듯한 느낌이 들었다. 누군가에게 이 회사는 그냥 배달 앱이고 그저 엑싯한 스타트업이겠지만 나에겐 뜨거운 열정의 시대, 성장 중독으로 자정을 넘겨 일하고 쓰러져 누우면서도 내일의 기대감에 피식피식 웃음이 나던 날들이었다.

　"제주도에서 살까? 퇴사하고… 그럼 제주도에서 뭘 하지?"

　제주도에 살고 싶은 사람은 많지만 일 문제까지 해결할 수 있는 사람은 많지 않다. 나는 이 문제를 해결할 수 있나? 이참에 퇴사하고 유튜버, 진짜로 해볼까? 글도 쓰고. 근데 그걸로 되겠어? 에어비앤비? 요즘 제주에 관광객이 줄었다던데. 그럼 제주에서 할 수 있는 사업을 벌여볼까? 뭐가 있을까? 좋아하는 일이고 의미도 있으면 좋겠는데. 오름으로 한번 끝까지 가볼까? 오름 좋아하니까. 오름으로 NRC 같은 걸 만드는 거지. NRC에 포스퀘어를 결합한 식은 어때. 제주에 오는 사람들에게 오름을 제안하는 거야. 올레길이 그랬듯이. 제주에 바다, 카페, 박물관만 있는 게 아니라고. 오름이 있다고. 이번 주에, 이번 달에, 1년 내내 사람들이 많이 방문하는 오름, 만족도 높은 오름, 오르기 쉬운 오름, 비 오는 날 좋은 오름 등 다양한 선호기준의 정보를 제공하고, NRC에서 달리기 인증샷을 만들 수 있는 것처럼 이 오름에 다녀간 사람들의 사진을 인스타그램 등 SNS와 연동해서 제공하는 거지. 올리는 사람은 로그가 남아서 좋고, 보는 사람은 다양한 관점의 생생한 정보를 모아 볼 수 있어서 좋고. 오름에 처음 가는 사람들에게도 길잡이가 되는 거야. 오름 좋아하는 사람들의 느슨한 커뮤니티가 되는 거지. 한편으로, 제주의 오름을 세상에 알리는 일을 하는 거야. 오름의 가치를 세상이 알아볼 수 있게. 내가 좋아하는 것을 다른 사람들도 좋아하도록. 가슴 뛰는 일이지. 매일 오름을 오르고, 오름 이야기를 하고, 즐거워서 하는데 그게 일이 되는 거.

제주에 사는 걸 구체적으로 생각하면 할수록 두고 온 서울이 생각났다. 일하면서 알게 된 반짝이는 재능을 가진 사람들. 지금은 다른 회사에서 다른 역할을 맡고 있는 사람들, 인터뷰를 하면서 알게 된 유능한 에디터님들, 달리면서 만나게 된 건강한 사람들, 창의적인 생각을 담아 디자인하는 사람들, 사람들이 보지 못하는 불편을 개선하고 편리함을 만드는 사람들, 맛있는 음식으로 기쁨을 선사하는 사람들, 나의 좁은 세계를 깨고 더 큰 생각을 할 수 있게 해주는 작가님들, 유튜버들. 창의는 밀도와 빈도가 중요하다. 창의적인 사람들이 서울이란 공간에 밀도 있게 모여서 어렵게 약속 잡지 않아도 가볍게 마주치고 소개하고 이야기 나누며 의미 있는 일을 할 수 있는, 서울에서의 관계들을 생각했다. 나 혼자서 할 수 있는 일은 없다. 좋아하는 사람들과 커피 한잔 앞에 놓고 웃고 떠들며 사업 하나를 일으켰다 무너뜨렸다 다시 세우는 일들. 나를 행복하게 하는 것은 그런 일들이 아니던가. 사람들과 섞여 부딪치며 순간순간 튀기는 불꽃을 잡으려면 그 안에, 서울에 같이 있는 게 좋지 않을까.

어디에 살지 고민하는 건 어떻게 살지 고민하는 일이었다. 나라고 믿었던 것들은 사실 나와 나를 둘러싼 환경을 포함한 거였다는 걸 이제 안다. 그럼 나를 어디에, 어떤 환경에 두면 좋을까. 나에게 잘 산다는 것은 무엇일까. 부일까 명예일까 권력일까. 그것도 아니면 무엇일까. 구체적으로, 현실적으로, 하지만 이상적으로 상상해본다.

싫은 사람을 만나지 않을 수 있다.

자신의 믿음을 거스르는 일을 거부할 수 있다.

재능이 반짝이는 사람들과 좋아하는 일을 도모할 수 있다.

살고 싶은 삶과 닮은 집이 있다.

사랑하는 사람과 함께 오랜 시간 보낼 수 있다.

가까운 지인들을 집에 초대해 대접할 수 있다.

건강한 몸과 마음을 유지할 수 있다.

즐겨 하는 운동이 있다.

보고 싶은 책, 영화, 음악을 읽고 보고 듣고 이야기 나눌 수 있다.

글이나 영상, 그림, 연주 등으로 자신을 표현할 수 있다.

호기심이 있고 하고 싶은 것이 있다.

중요한 일들에 현명한 판단을 할 수 있다.

그 밖에 스스로를 행복하게 하는 것을 알고 찾아 실천할 수 있다.

나는 더 나답고 싶다. 성실하게 단정하게 살며 꾸준히 계속하고 싶다. 호기심을 가지고 반짝이는 사람들을 만나며, 사람들이 만들어놓은 것들 가운데서 좋은 생각을 발견하고 감탄하고 싶다. 달리기를 하고 땀을 흘리고 또 새로운 운동을 배우며 기꺼이 초보자가 되고 싶다. 철인3종도 해보고 싶고 프리다이빙도 하고 싶다. 배우고 싶다. 스스로 쓸 것들은 스스로 만들 수 있는 기술이 있으면 좋겠다. 가죽공예라든가 목공이라든가 금속공예라든가. 그림과 영상으로 생각을 표현하고 연주로 마음을 나타내고 싶다. 알고 싶다. 영어를 잘하고 싶다, 세상이 넓어지도록. 요리를 즐기고 싶다. 빵을 굽고 싶다. 시간 효율 같은 거 걱정하지 않고 며칠 내내 책만 읽다가 또 며칠은 내내 넷플릭스만 보고 싶다. 아는 것과 경험한 것을 바탕으로 새로운 해결책을 제시하고 도와서 주변 사람들을 기쁘게 하고 싶다. 조금 더 나은 나, 조금 더 행복한 우리를 만들고 싶다.

이건 내가 사는 이유일까, 목적일까, 아니면 이유도 목적도 아닌 삶 그 자체일까.

당신의 사는 이유는 무엇인가요?

(   ) 사는 (   ) 이유

(   ) 사는 이유
내일은 더 나은 내가 되고 싶어서

2023년 11월 2일 초판 1쇄 발행
2023년 12월 20일 초판 2쇄 발행

지은이 장인성

펴낸이 김은경
편집 권정희
마케팅 박선영
디자인 황주미
경영지원 이연정
펴낸곳 ㈜북스톤
주소 서울시 성동구 성수이로7길 30 빌딩8, 2층
대표전화 02-6463-7000
팩스 02-6499-1706
이메일 info@book-stone.co.kr
출판등록 2015년 1월 2일 제2018-000078호

초고를 먼저 읽고 좀 더 나은 책이 될 수 있도록 도와주신 분들
이현주, 손하빈, 이주연, 김소연, 이승희, 김규림

ⓒ 장인성
(저작권자와 맺은 특약에 따라 검인을 생략합니다)

ISBN 979-11-93063-15-6 (03810)

북스톤은 세상에 오래 남는 책을 만들고자 합니다. 이에 동참을 원하는 독자
여러분의 아이디어와 원고를 기다리고 있습니다. 책으로 엮기를 원하는 기
획이나 원고가 있으신 분은 연락처와 함께 이메일 info@book-stone.co.kr
로 보내주세요. 돌에 새기듯, 오래 남는 지혜를 전하는 데 힘쓰겠습니다.